잃어 가는 것들

잃어 가는 것들

김나영 소설집

(• • • • • •)
Prologue

흔하디흔한 날 중 하루인데, 유독 세상에 섭섭한 마음이
드는 날이 있다. 하늘도 땅도 내 편이 아닌 것 같고, 나 혼자
만 힘들고, 슬프고, 외로운 것 같아서 괜히 심술이 나기도 하
는 날. 그런 날 나에게 위로를 건네준 것은 단연코 소설이었
다. 소설로부터 위로를 받은 건 아마 어릴 적부터였던 것 같
다. 내 감정을 말로 표현하는 게 능숙하지 않았던 청소년기
의 나는, 소설 속에 파묻혀 위로받고 엉킨 감정들을 풀어내
곤 했다.

그 시절 기억을 떠올리면 자주 가던 헌책방이 가장 먼저
떠오르는데, 고무 패킹이 닳아 덜컹거리는 유리문을 열고 들
어가면 오래된 책 특유의 냄새와 창문 사이로 비치는 햇살에
부유하는 먼지들이 나를 반겼다. 아버지가 방문 판매원의 현
란한 언변에 홀딱 넘어가서 산 세계 문학 전집도 좋았지만,
먼지 가득한 헌책방에서 신중하게 한 권 한 권 들춰보며 내
돈을 주고 사서 읽는 소설의 맛이란······.

그렇게 소설 속에 빠져서 읽다 보면 힘들었던 감정은 어느

새 소설 속 세계에 섞여 희미해지게 된다. 게다가 책 속에서 누군가의 낙서 같은 메모를 발견하기라도 하면 같은 책을 공유하는 사람이 있다는 것만으로도 위로가 되고, 또 희열마저 느꼈다.

이제는 그런 시절을 까마득하게 잊어버린 채 상처받지 않은 척, 힘들지 않은 척, 약하지 않은 척 생색내며 사는 어른이 되어버렸다. 어른이 되면 위로 같은 건 필요 없는 줄 알았다. 그런데 아니었다. 인생이 너무 억울한 것 같은 날도 있고, 세상의 슬픔이 모두 다 내게만 들러붙어 떨어지지 않는 것 같은 날도 있다. 누구든 붙잡고 떼도 쓰고 싶고, 조건 없는 위로도 받고 싶다. 그래서 나는 또 소설을 펼쳤다. 역경을 겪는 주인공을 마주하며, '봐봐, 나만 힘든 게 아니잖아? 주인공은 다 역경을 겪는 법이라고'라며 나의 힘듦에 위로를 받았다. 그렇게 소설로부터 넉넉한 위로를 받은 나는, 소설이라는 마법으로 다른 누군가에게 그런 위로를 돌려주고 싶다는 생각이 들었다. 그럴듯한 대작이 아니라도, 우리 곁에서 함께 살아가는 이들의 작은 이야기들을 담아 어깨를 토닥이며 위로하고 싶었으니까. 조금도 특별한 것 없는 인생일지라도 기어이 아득바득 살아남아 사랑하고 또 견뎌내는 이들의 이야기를 보여주며 말하고 싶다.

'거봐, 이미 넌 아주 훌륭하게 잘 살아내고 있어'라고.

Contents

아무도
모른다

아무도 모른다

현우는 난감한 표정을 지었다. 밤새 충전기에 꽂아놓은 핸드폰의 배터리가 절반도 충전이 되지 않았기 때문이었다. 화가 나서 핸드폰을 던지려다가 힘없이 내려놓았다. 고장 난 핸드폰을 핑계로 새로운 모델로 사달라고 조를 수 있는 대상이 없는 데다 당장 오늘 하루치 수업을 들을 수 있는 유일한 수단이 이것밖에 없었다.

핸드폰이 불량인지, 충전기가 불량인지, 아니면 콘센트가 불량인가 싶었다. 그러다 열어놓은 거실 창문 틈으로 들어오는 찌든 담배 냄새를 맡자, 낡은 임대아파트를 이루는 모든 것이 문제라는 생각이 들었다.

구석에 세워두었던 뽀로로가 그려진 작은 테이블 다리를 펼쳤다. 한쪽 다리가 자꾸만 접혀서 누런 테이프를 가져다가 덕지덕지 발라 고정했다. 테이블을 거실 가운데 놓고 그 위에 연필꽂이를 올렸다. 그 앞에 핸드폰을 가로로 세웠다. 핸드폰 화면에 낡은 집의 거실이 고스란히 들어왔다. 얼굴이 홧홧해졌다. 가장 마음에 드는 배경을 위해 이리저리 각도를 옮겼다.

화면을 왼쪽으로 돌리니 할머니의 낡은 꽃무늬 팬티가 널린 빨래건조대가 보였고, 오른쪽으로 돌리니 싸구려 레자소파의 찢어진 자리에 붙여놓은 녹색 테이프가 보였다. 그마저도 녹색 테이프가 벌어져 내장을 채운 누런 스펀지가 테이프 사이로 튀어나와 있었다. 도저히 안 되겠다 싶어 카메라를 조금 위로 비추었다. 이번에는 뜯겨나간 누런 벽지가 카메라에 들어왔다. 핸드폰을 조금 돌리자, 정우의 낙서가 보였고, 여기서 조금 더 돌리니 할머니가 부업으로 까던 마늘이 잔뜩 올려진 식탁이 보였다. 이 공간을 이루는 모든 것이 보여줄 만한 것이라고는 하나도 없다는 생각이 들어 결국 화면을 꺼버렸다.

시계를 보니 담임선생님의 조회 시간이 얼마 남지 않았다. 서둘러 인터넷에 접속하고 화상 프로그램에 로그인했다. 그래도 올해는 작년보다 상황이 나아진 것이다. 본래 현우네 집은 인터넷조차 되지 않았다. 할머니는 그런 것에 관심도 없을 뿐만 아니라, 할 줄도 몰랐으니까. 작년 담임선생님이 직접 할머니께 상황을 설명하고, 기초생활수급자가 무료로 인터넷을 사용할 수 있도록 신청해 주셨다. 할머니는 몇 가지 서류를 떼어와야 하는 것조차 뭐가 이렇게 복잡하냐고 투덜대며 담임선생님을 곤란하게 했다.

핸드폰에 회의 준비 중이라는 메시지가 뜬 작은 화면을 응시하고 있던 차였다. 방문이 빼꼼히 열리더니 정우가 고개를 내밀었다. 배가 고픈지 부엌을 향해 달려가다가 들뜬 거실 장판에 걸려 넘어졌다. 깜짝 놀란 현우가 자리에서 일어나려는데, 정우는 아무렇지도 않은 듯 벌떡 일어나 다시 부엌으로 걸어갔다. 정우는 원래 우는 법이라고는 없었다. 카멜레온처럼 몸 색을 바꾸기라도 하는 것인지, 어느 공간에서든 드러나지 않게 존재하는 재주가 있었다. 정우가 다니는 유치원은 원생의 코로나 확진으로 잠시 문을 닫았는데, 그 바람에 정우는 일주일째 집에 있어야 했다. 그나마 다행인 건 정우 때문에 수업에 방해가 될까 봐 걱정할 필요가 없다는 사실이었다. 행여나 형을 화나게 할까, 잔뜩 눈치를 보며 인기척도 내지 않고 놀고 있을 테니까.

담임선생님의 얼굴이 화면에 나타났다. 중학교에 입학한 지 2주가 넘었는데, 담임선생님을 만난 것은 고작 사흘뿐이었다. 동그랗고 커다란 눈을 가진, 무척 똑똑해 보이는 여자 선생님이었다. 담임선생님이 번호대로 출석을 부르고 있는데, 부엌에서 정우가 왈칵 무엇인가를 뱉어냈다. 냉장고에 있던 우유였다. 현우가 놀라서 정우에게 달려갔다. 우유는 유통기한이 이미 지나서 시큼한 냄새가 진동했다. 정우가 뱉은 우유가 바닥 여기저기 흩어져 있었다. 우유는 부서진 두부처럼 물컹한 건더기로 변해있었다. 현우는 급하게 걸레를 가지고 와서 닦기 시작했다. 정우는 잔뜩 주눅이 든 얼굴로 말했다.

"미안해."

"가만히 좀 있어."

현우가 저도 모르게 소리를 질렀다. 정우는 벌 받기를 기다리기라도 하는 듯 꼼짝하지 않고 그 자리에 서 있었다. 가만히 생각해 보면 정우가 잘못한 것은 하나도 없었는데, 정우는 자신이 정말 버림받을 정도로 큰 잘못이라도 저지른 듯 안절부절못했다. 그사이 핸드폰 화면 속 담임선생님이 현우의 이름을 불렀다. 현우가 걸레를 든 채 핸드폰 앞으로 다가갔지만, 담임선생님은 이미 뒷번호 친구의 이름을 부르고 있었다. 아이들의 이름을 다 부르고 난 담임선생님이 다시 현우를 불렀다. 현우가 대답하자, 담임선생님의 한숨 소리가 들렸다.

"조회에 자꾸 빠지면 어떡하니? 게다가 수업 시간에 화면도 꺼놓고."

"동생 때문에……."

"동생을 게으름 피우기 위한 핑계로 삼으면 안 돼."

"……네."

아이들에게 찢어진 벽지와 낡은 거실을 보여줄 수 있는 용기를 내고 화면을 켜야 했을까? 차라리 게으름을 피우는 학생으로 남는 게 나을까? 현우는 모서리가 깨진 작은 핸드폰으로밖에 자신을 보여줄 수 없다는 사실이 야속했다. 게으름 따위를 피우는 학생이 아니라는 것도, 남학생답지 않게 글씨를 반듯하게 쓴다는 사실도, 때로는 남아서 친구의 청소를 도와줄 정도로 따뜻한 마음을 가지고 있다는 사실도 모두 보여주고 싶었다. 열두 평 임대아파트에 사는 현우는 하기 싫은 게 아니라, 하고 싶어도 하지 못하는 것이 훨씬 많다는 것을 아무도 모를 것이다.

화면 속에서 마스크를 쓴 수학 선생님이 칠판에 숫자를 쓰고 있었다.

"어떤 수에 두 수의 합을 곱한 것을 분배법칙을 이용해서 각각의 수로 곱하면……."

현우는 원래도 수학을 잘하지 못했다. 작년 한 해의 반절을 EBS 시청으로 보냈으니, 어려운 수학을 이해할 리 만무하다. 선생님의 소리가 점점 뭉그러지기 시작했다. 어렴풋이 방 안에서 들리는 텔레비전 만화 소리가 선생님의 목소리에 섞여 알 수 없는 주문으로 변해갔다. 주문에 맞춰 눈은 점점 감겨오기 시작했다. 팔을 베고 잠깐 눈을 감았을 뿐이었다. 정우가 현우의 어깨를 흔들어대는 바람에 눈을 떴다. 점심시간이었다. 핸드폰은 언제 배터리가 다 되었는지, 완전히 꺼져 있었다. 현우가 버럭 소리를 질렀다.

"깨웠어야지."

"미안해."

정우는 또 작은 손을 마주 쥐고 조몰락거리며 안절부절못했다. 현우는 이내 표정을 풀고 배가 고프냐고 물었다. 정우는 눈곱을 덕지덕지 단 얼굴로 고개를 끄덕였다. 화를 내서 미안하다고 하자, 정우는 금방 환하게 웃었다.

냄비에 라면 끓일 물을 넣고 가스레인지를 켜는데 할머니가 들어오셨다. 공공근로를 다녀오시는 길이었다.

"할머니 것도 끓일까요?"

"그래, 라면 좀 푹 끓여라. 이가 시원찮아서 씹기가 힘들어."

"네."

현우가 냄비에 물을 더 부었다. 할머니는 코로나 때문에 경로당에서 밥도 먹을 수 없다고 투덜거리며, 텔레비전 아래 서랍에서 홍삼 향이 나는 파스를 꺼냈다. 현우를 향해 파스를 들어 보이자, 현우가 파스를 건네받았다. 할머니가 허리춤의 옷을 들어 올렸다. 현우는 이미 붙어 있는 파스를 떼어냈다. 할머니의 쪼글쪼글한 피부가 파스의 접착력을 이기지 못하고 쭉 늘어났다가 직 떨어졌다. 현우가 그 자리에 새로운 파스를 붙였다.

"늙어서까지 이 고생을 하며 애들을 키우니, 원……. 이놈의 팔자를 누구한테 원망할꺼. 내가 이렇게 고생하는 거 아무도 몰러. 아무도 몰러. 누가 알아줄꺼."

할머니는 등 뒤에서 파스를 붙이고 있는 현우가 들을 것은 생각하지 않은 듯 혼잣말 같지 않은 말을 내내 중얼거렸다. 현우는 못 들은 척 말없이 방을 나왔다.

다 먹은 라면 그릇을 치우는 중에도 정우는 졸졸거리며 현우의 뒤를 따라다녔다. 현우가 정우를 향해 고개를 돌리자, 작은 손을 꼬물거리다 현관문으로 시선을 돌렸다. 밖에 나가고 싶다는 소심한 메시지였다. 현우는 마지못해 단지 앞 놀이터에만 있어야 한다고, 약속했다. 정우가 밖으로 나가자, 현우는 다시 핸드폰을 켰다. 5교시 수업이 막 시작될 시간이었다.

7교시까지 수업을 마치고 나니, 벌써 4시가 넘었다. 그제야 정우가 아직도 들어오지 않았다는 사실을 깨달았다. 현우는 헐레벌떡 밖으로 뛰어갔다. 다행히 정우는 착하게 놀이터에서 놀고 있었다.

"이렇게 늦게까지 안 들어오면 어떡해?"

"친구들이 없어서 기다리고 있었어."

주위를 둘러보니 정우와 함께 놀 만한 아이들이 하나도 없었다. 예전에는 밖에만 나가면 언제나 친구들이 가득했다. 심심할 틈도 없이 종일 놀다가 날이 어두워져 할머니에게 혼난 적이 한두 번이 아니었다. 하지만 언제부턴가 비어 있는 놀이터가 일상이 되어버렸다. 현우는 괜히 울컥하는 마음에 정우의 손목을 낚아채며 데리고 들어왔다.

정우의 옷을 갈아입히고, 낮에 먹은 설거지를 했다. 식탁 위 올려진 깐마늘이 담긴 바구니를 치우고, 수학 교과서를 펼쳤다. 선생님이 내주신 형성평가 숙제를 하기 위해서였다. 선생님께 배웠던 기억을 더듬어 문제를 풀어보려 했지만, 도무지 풀 수가 없었다. 해설을 읽어봐도 소용이 없었다. 문득 작년 담임선생님이 생각났다. 선생님은 방과 후에 남아 현우를 옆에 앉혀놓고 이해할 때까지 설명해 주셨다. 핸드폰을 만지작거리다 통화 버튼을 눌렀다.

"어머? 현우야. 잘 지내고 있지?"

선생님의 하이톤 목소리는 장판까지 가라앉았던 현우의 우울한 기분을 끌어올려 주는 것 같았다. 선생님은 현우가 중학교 생활을 잘하고 있는지 물었다. 현우가 대답할 말을 찾지 못해 머뭇거리는 사이, 선생님은 성실한 현우라면 분명 중학교에 가도 훌륭하게 잘 생활하고 있을 것이라고 이미 결론을 내린 듯 말했다. 그래서 차마 말할 수 없었다. 학교 공부를 따라가기가 힘들다고, 아직 친구 한 명도 사귀지 못했다고, 그래서 선생님이 생각나서 전화했다고.

대신 현우는 선생님의 안부를 물었다. 선생님은 아이를 키우기 위해 육아휴직을 했다고 말했다. 아이를 보고 있으면 그렇게 행복할 수가 없다고. 선생님의 목소리에서 새어 나오는 기쁨이, 행복이, 눈에 환히 보이는 것 같았다. 아이가 한번 울기 시작하면 멈출 줄을 모른다는 푸념을 할 때조차 행복이 묻어났다. 아이가 있다는 게 행복한 일인가요? 입 밖으로 나오지 못한 질문이 현우의 머릿속에 맴돌았다.

선생님은 그렇게 한참 자기 아이에 대해 이야기해 주었다. 밤에는 꼭 네 시간마다 깨서 우는 바람에 늘 잠을 설친다는 것도, 아빠를 닮아서 감당할 수 없을 만큼 머리숱이 많다는 것도, 얼마 전엔 울다가 흘린 제 눈물 자국을 가리키며 물이라고 했다는 것까지. 그러다 어렴풋이 아이의 울음소리가 들리는 듯했다. 아이는 누구에게도 엄마를 뺏기지 않겠다는 듯 꽤 큰 소리로 울었다. 선생님은 다음에 통화하자며 급하게 전화를 끊었다. 그때였다.

"물 좀 가져와라."

방문을 빼꼼히 연 할머니가 쉰 목소리로 말했다. 현우가 컵에 물을 담아 할머니께 가져갔다. 할머니가 족히 열 알은 넘어 보이는 알약을 넘겼다. 마른기침을 뱉으며 힘겹게 물을 마셨다. 할머니는 옆에서 잠든 정우를 깨우지 말라고 현우에게 당부하며 외투를 입으셨다.

"니들 엄마가 온단다. 좋아하는 동태찌개라도 좀 끓여놔야겠다."

할머니는 앓는 소리를 뱉으면서도, 바퀴 달린 장바구니를 끌며 밖으로 나갔다.

성찬은 엄마가 방 밖으로 나간 것을 확인하자마자 연필을 책상에 집어 던졌다. 침대에 대자로 누워 멍하니 천장을 바라보았다. 엄마는 입학한 첫 주부터 성찬의 옆에서 함께 온라인 수업을 들었다.

"대답해야지, 안 쓰고 뭐 하니?", "어디 보는 거야?"라든가, "저 선생은 목소리가 너무 작아", "영어 선생 발음이 너무 안 좋은데?", "고작 영상 하나 보여주고 수업을 때우는 거야?", "저 선생은 설명을 너무 못한다", "출석 부르다가 수업도 제대로 못 하겠네"라는 식의 수업 평가도 서슴지 않았다. 성찬은 엄마가 틈틈이 집안일을 위해 나갈 때를 빼고는 종일 그 소리를 들으며 앉아 있어야 했다. 가슴이 턱턱 막히고, 머릿속은 커다란 돌덩이가 들어앉아 있는 듯 무거웠다. 감정도 생각도 모두 마비된 것만 같았다. 무표정하게 앉아있는 곰 인형과 같은 신세였다.

온라인 수업이 끝나자마자 엄마는 학원 숙제를 하라고 재촉했다. 성찬은 엄마의 잔소리를 들으며 숙제를 시작했다. 그때였다. 엄마에게 전화가 왔다. 엄마는 딴짓하지 말고 빨리 숙제하라고 당부하며 방 밖으로 나갔다. 엄마는 멀리 가지 않았다. 성찬의 방 바로 앞에 앉아 통화를 했다. 옆 동에 사는 아줌마인 것 같았다.

"하루 종일 애 공부시키고 청소하고 빨래하고 밥 먹이고 뒤돌아서면 또 다음 끼니 걱정하고……. 게다가 요즘은 애들 아빠가 매일 저녁을 집에서 먹으니까, 저녁까지 준비해야 한다고. 정말 쉴 틈도 없이 힘들어 죽겠어. 이렇게 힘든 거 누가 알아주겠니? 아무도 모른다니까."

들으려고 하지 않아도 단어 사이의 한숨까지 또렷하게 들렸다. 엄마의 통화는 엄살이 아니었다. 정말 쉴 틈이 없었다. 예전엔 성찬이 학교에 가면 엄마는 태권도장에서 운영하는 학부모를 위한 다이어트 태권도 수업을 듣거나 뜨개질 강습을 받으러 다니셨다. 아니면 커피숍에 앉아 친구들과 얘기를 나누며 여유 있는 하루를 보냈다.

하지만 학교에 가지 않는 성찬 때문에 엄마도 꼼짝없이 집에 있어야 했다. 공부를 봐줘야 하고, 식사와 간식을 챙겨줘야 했으니까. 게다가 무역과 관련된 일을 하는 아빠의 회사는 코로나 이후 상황이 점점 힘들어졌다. 아빠의 퇴근 시간이 점점 빨라지다가 어느 날은 아예 출근하지 않는 날도 있었다. 아빠는 양미간을 잔뜩 구긴 채 거실 소파에 앉아 리모컨을 쥐고 텔레비전을 향해 불평을 쏟아냈다. 그런 아빠의 불평이 엄마를 향한 것은 아니었을 것이다.

결국 그 소리를 고스란히 듣는 것은 엄마였으며, 엄마를 향한 잔소리나 비난으로 바뀌기 일쑤였다. 그렇게 엄마가 차곡차곡 쌓아온 감정이 향할 곳은 성찬밖에 없었다. 성찬은 힘들었을 엄마의 자리를 알기 때문에 자신의 힘듦을 말할 수도, 쏟아낼 수도 없었다. 성찬이네 집은 금방이라도 터질 듯 팽창한 풍선과도 같았다. 그래서 성찬은 그 풍선에 마지막 숨을 불어넣는 사람이, 그래서 끝내 터지게 만드는 사람이 자신이 되고 싶지 않았다.

말없이 손톱을 물어뜯었다. 뜯다 뜯다 흐물흐물해진 손톱이 살 속에 파묻혀가는 것도 아랑곳하지 않고, 찔끔찔끔 묻어 나오는 피의 비릿한 맛을 느끼며 손톱을 뜯고 또 뜯었다. 할 수 있는 게 그것밖에 없었다. 통화가 끝났는지 엄마가 들어왔다. 서둘러 입에서 손을 빼고 학원 문제집을 가방에 넣었다. 그런 성찬에게 엄마가 말했다.

"엄마도 아빠도 코로나 때문에 진짜 힘들어. 그래도 우리 성찬이 보면서 견디는 거지. 우리가 이렇게 힘들게 버티고 있는 거 우리 성찬이 아니면 누가 알아주겠어? 그러니까 이럴 때일수록 우리 성찬이가 더 열심히 공부해 주는 것, 이 엄마는 바라는 게 그것밖에 없어. 알지? 힘든 엄마 아빠에게 그 정도는 해줄 수 있지?"

성찬은 학원에 다녀오겠다며, 가방을 챙겼다. 그리고 집을 나서자마자 다시 손톱을 물어뜯기 시작했다.

성찬이 막 놀이터를 지날 무렵이었다. 텅 빈 놀이터에 다정해 보이는 형제가 쪼그리고 앉아 머리를 맞대고 뭔가를 보고 있었다. 갑자기 궁금증이 치밀었다. 지나가는 척 슬쩍 들여다봤다. 그때 형으로 보이는 사람이 갑자기 고개를 들었다. 둘의 눈이 마주쳤다.

"어? 너."

"어, 그래. 반갑다. 근데 뭐하냐?"

현우였다. 둘은 4학년 때 같은 반이었다. 하지만 그전에도 그 이후에도 둘은 자주 만났다. 약속 같은 것은 필요 없었다. 방과 후에 그냥 남아 있기만 하면 되는 것이었다. 아이들은 당연하다는 듯 학교 운동장에 모였다. 아이들의 머릿수가 채워졌다 싶으면 편을 나눴다. 축구공 하나만 있으면 그만이었다. 가끔 아이스크림 내기 따위를 하기도 했지만, 공을 차는 것만으로도 매우 즐거웠다. 학교 앞에 학원 차가 하나둘 들렀다가 떠날 때마다 아이들이 한두 명씩 줄어들었다. 그렇게 모든 아이가 떠날 때까지, 공을 주고받을 수 있는 두 명이 남아 있을 때까지 계속되었다. 그때는 그게 당연한 일상이었다.

"별거 아니야. 동생이 개미가 구경하고 싶다고……."

"아, 그래? 우리 아파트 살았어?"

"어, 그게, 저기 살아. 여기는 내가 오자고 한 게 아니라 동생이 여기 오고 싶다고 해서 어쩔 수 없이……. 우리 아파트보다는 여기 놀이터가 훨씬 좋거든."

현우는 돈도 내지 않고 입장했다가 들킨 불청객이라도 된 것처럼 잔뜩 긴장했지만, 성찬은 상관없었다. 다만 임대아파트에 사는 아이들이 우리 아파트에 와서 자꾸 시끄럽게 논다며, 투덜대던 엄마가 생각났을 뿐이다. 그때 며칠 전 화상수업에 등장했던 현우의 동생이 떠올랐다.

"지난 수업 화면에 네 동생 나타나서 엄청 재밌었는데."

"어, 정우가 수업인 걸 깜빡하고……. 방해가 됐지?"

"재밌기만 했는데, 뭘. 도덕샘 수업 좀 지겹잖아?"

성찬이 씩 웃으며 정우를 쳐다봤다. 정우가 추워서 발개진 볼에 단추처럼 동그랗고 작은 눈을 깜빡이며 성찬을 쳐다보는데, 성찬은 그 모습이 귀여워 머리를 쓰다듬었다. 그때 정우가 놀라서 성찬의 손을 가리켰다. 방금까지 뜯고 있던 손톱에서 피가 똑똑, 바닥으로 떨어진 것이다. 현우는 마침 정우에게 붙여주고 남은 밴드가 있다며, 성찬의 손가락에 꼼꼼하게 붙여주었다. 성찬은 괜히 쑥스러우면서도 기분이 좋았다.

"근데 너 어디가?"

"아, 오늘은 수학학원."

"수학? 뭐 배우는데?"

"음, 이차방정식?"

"그거 수학책에 있어?"

"음, 선행하는 거지 뭐. 다들 그래. 요즘은 학교도 잘 못 가니까 더."

"아, 선행."

현우는 더 이상 물어볼 말이 없었다. 숙제로 문제를 풀어서 내는 것조차 엄두도 못 내는데 선행학습을 하고 있었구나, 나는 아무리 해도 따라잡을 수는 없겠구나, 라는 생각을 했다.

학원 시간이 임박해진 성찬이 먼저 자리를 떴고, 현우는 정우를 데리고 돌아갔다. 둘은 헤어진 이후에도 똑같은 생각에 잠겨 있었다. 운동장에서 축구하며 어울리던 때를 떠올리고 있었다. 성찬과 현우는 생각했다. 숨이 턱 끝까지 차 올라 나중에는 찝찔한 피 맛이 느껴질 때까지 뛰고 싶다고, 축구가 끝나면 돈을 모아 커다란 이온 음료 하나를 사서 경쟁하듯 돌려 마시고 싶다고. 아니면 수돗가에 세수하러 갔다가 괜히 서로 물을 뿌리며 장난을 치고도 싶었다. 그렇다면 조금 우울하고 힘든데 쏟아낼 곳도 없는 이 답답함을 견딜 수 있을 것만 같았다. 아무도 알아주지 않아도 괜찮을 것 같았다.

할머니는 초저녁부터 식탁 위에 엄마를 위한 저녁을 차려놓고 기다리고 있었다. 마늘을 까면서도 주방을 들락거리며 찌개를 올려놓은 가스레인지를 켰다 껐다 반복했다. 그리고 한참이 지나서 밖이 완전히 깜깜해졌을 때야 엄마가 왔다. 엄마는 지방의 어느 산업단지에서 친구와 함께 작은 호프집을 하고 있었다. 손님도 없고, 친구도 약속이 있어서 가게 문을 닫고 왔다고 했다.

"정우야, 현우야, 엄마 왔다."

정우가 달려가 엄마에게 안겼다. 마스크를 벗은 엄마는 예쁘게 바른 립스틱을 정우 볼에 톡톡톡 찍으며 뽀뽀했다. 정우는 눈을 찡긋거리면서도 엄마의 표현이 싫지 않은지 입꼬리가 한껏 올라가 있었다.

"앗! 냄새."

정우가 그제야 냄새를 맡았는지 코를 찡긋거렸다. 엄마는 너희 보는 게 좋아서 한잔했다고 말했지만, 현우는 그게 일상임을 알고 있었다. 술 냄새 사이에 퀴퀴하고 절은 담배 냄새도 났지만, 정우는 그래도 엄마가 좋은 모양이었다. 엄마의 품에 달라붙어 떨어질 줄 몰랐다. 결국 할머니가 버럭 화를 냈다.

"니 엄마 밥 좀 먹자."

그제야 시무룩해진 정우가 엄마의 옷자락을 슬며시 놓았다. 엄마는 숟가락으로 동태탕 국물을 뜨며 "캬, 역시 우리 엄마가 최고야"라고 말했다. 할머니는 엄마가 밥을 다 먹을 때까지 옆에 앉아 밥솥의 밥을 더 퍼주거나, 밥 위에 김치를 얹어주었다.

그 사이 현우는 늘 그렇듯 정우를 씻기고, 양치질시키고, 옷을 갈아입혔다. 정우는 엄마가 와 있는 것만으로도 좋은지 내내 싱글거리며 투정 한번 부리지 않고 고분고분 현우의 말을 따랐다.

그날 밤이었다. 안방에서 할머니와 엄마, 정우가 함께 자고, 현우는 거실에 이불을 깔고 혼자 누워있었다. 잠이 오지 않았고, 자꾸만 신경이 안방으로 쏠렸다. 그때였다. 속삭이는 소리가 들렸다.

"정우 자?"

"그래, 자네. 아주 푹 잠들었어. 니가 와서 좋긴 좋았나벼."

"엄마, 나 할 말 있어."

"이번엔 또 뭔 일이여?"

"놀라지 말고 들어. 좋은 일이야, 좋은 일. 나 남자 생겼어. 이번엔 진짜 괜찮은 사람이야. 우리 가게에 자주 오는 손님인데……."

할머니가 엄마의 말을 다 듣기도 전에 뭐라고 화를 내는 소리가 들렸고, 엄마는 그 사람에 대해 계속 말하는 것 같았다. 현우나 잠든 정우가 들을까 봐 소리를 더 낮추는 바람에 자세히 들을 수는 없지만, '돈'이라든가 '아이'라는 단어가 들리는 것 같았다. 그렇게 한참 얘기를 나누는가 싶더니, 할머니의 한숨 섞인 마지막 말은 희한하게도 또렷하게 들렸다.

"내 새끼 더 이상 고생하면 안 되제, 이번엔 호강하며 떵떵거리고 살아봐야제. 애들은 걱정 말어. 내가 키울 테니께, 걱정하덜 말어."

현우는 어렴풋이 알고 있었다. 엄마와 함께 살게 되는 날이 영원히 오지 않을 것을……. 그 이전에도 엄마는 결혼을 전제로 만나던 남자가 여럿 있었지만, 단 한 번도 현우와 정우를 소개한 적은 없었다.

엄마가 진짜 결혼이라도 하게 된다면 지금보다 더, 어쩌면 영원히 현우를 보러 오지 못할 것이다. 현우는 그게 화가 나는 것인지, 아쉬운 것인지 제 마음을 알 수 없었다. 어릴 적부터 이렇게 살아왔으니까, 엄마와 함께 산다는 것이 오히려 허황한 꿈 같았다. 하지만 단 한 가지, 진짜 묻고 싶은 것은 있었다. 할머니는 언제나 엄마에게 '내 새끼'라고 했다. 엄마를 위해서는 굽은 허리가 아픈 줄도 모르고 음식을 하고, 조금씩 모아두었던 돈마저 홀랑 줘버릴 수 있는 '내 새끼'라고 했다. 엄마에게 현우와 정우는 내 새끼가 아니었던 것일까? 내 새끼는 언제 어떻게 생겨나는 단어였던 것일까? 현우와 정우는 엄마의 새끼일까, 할머니의 새끼일까? 아니면 누구의 새끼도 아닐까?

다음 날 새벽, 엄마가 돌아갔다. 정우는 깨자마자 사라진 엄마 때문에 한참을 훌쩍였고, 달래는 것은 오롯이 현우의 몫이었다. 할머니는 호프집을 하느라 매일 술을 마시는 엄마를 위해 손수 달여둔 칡즙을 들려 보냈다.

성찬이 엘리베이터에서 내리자마자 시끄러운 소리가 복도까지 들렸다. 엄마의 날카로운 목소리와 굵직한 아빠의 고함이 한데 엉킨 소리에 목덜미가 뻣뻣해졌다. 현관 앞에서 발이 얼어붙어 움직여지지 않았다. 하지만 성찬의 집이었다. 돌아가야 할 유일한 곳이었다. 머뭇거리던 성찬이 문을 열었다. 엄마는 빨간 눈을 한 채 휴지로 코를 풀고 있었고, 아빠는 벌겋게 상기된 얼굴로 식탁에 앉아 캔맥주를 마시고 있었다. 성찬은 그나마 진정된 것 같아 다행이라고 생각했다.

엄마는 성찬에게 늦은 저녁을 차려주었고, 성찬은 밥을 먹기 위해 두 번째 캔맥주를 따고 있는 아빠의 맞은편에 앉았다. 성찬이 막 밥을 뜨려는 순간이었다. 엄마가 말을 시작했다.

"넌 하루 종일 공부만 하면 되는데, 그게 뭐가 어려워? 화상수업 중에는 걸핏하면 멍때리고 앉아 있거나 책상에 엎드려 잠이 드니, 곁을 떠날 수가 없잖아. 틈틈이 집안일하며 너 지켜보는 게 얼마나 힘든 줄 아니?"

엄마의 한마디에 아빠가 거들었다.

"공부는 스스로 해야지. 엄마가 언제까지 지켜봐 줄 수는 없잖아."

아빠가 거들어주었기 때문일까? 엄마가 계속 말을 이어갔다.

"게다가 학원 숙제도 매일 대충 해가고, 수업도 열심히 안 듣다가 레벨 떨어지고. 학원비가 얼만데, 속상해서 정말."

아빠가 버럭 소리를 질렀다.

"그런 식으로 할 거면 학원 당장 끊어."

부모님의 싸움 원인은 알 수 없었지만, 으레 그렇듯 결국 쏟을 곳을 찾지 못한 화가 성찬에게 돌아왔다. 성찬은 얼마 전 중학교에 입학하면서 학원에서 레벨 테스트 시험을 봤다. 결과가 좋지 않아 한 단계 하위 클래스 수업을 듣게 되었다. 물론 그것도 한 달 전의 일이었다. 하지만 한 달 동안 지금까지 족히 열댓 번은 들었던 잔소리이기도 했다.

엄마는 성찬을 뒷바라지하느라 쉴 틈이 없다고 토로했고, 아빠는 코로나 때문에 실적이 나지 않아 회사에 앉아 있어도 가시방석이라고 했다. 그렇게 힘들게 벌어온 돈으로 그까짓 공부만 하면 되는 것인데, 성찬은 그것 하나 제대로 못 하는 아들이 되어 있었다. 성찬은 '죄송합니다'라는 말을 반복할 뿐이었다.

방으로 들어온 성찬은 멍하게 앉아 있었다. 책상에는 엄마가 사놓은 문제집과 권장 도서가 빽빽하게 꽂혀 있었는데, 덮어버릴 듯 성큼성큼 눈앞으로 다가오는 것만 같았다. 숨이 막힐 듯한 답답함에 창문을 활짝 열었다. 창밖을 내려다봤다. 창밖 놀이터에 사람이라고는 없었다. 바람에 굴러다니는 마스크 하나가 보였다. 내 세상이라도 만난 듯 이리저리 나뒹굴며 온 놀이터를 헤집고 다녔다. 부러운 듯 자신을 바라보는 성찬을 비웃기라도 하듯…….

성찬은 변이 바이러스니, 확진자 증가세니, 거리두기 따위는 실감도 나지 않았다. 다만 방 안에서 초등학교를 졸업했고, 중학생이 되었다. 그동안 한 것이라고는 유튜버의 먹방을 보고, 게임을 한 것뿐이다. 얼굴도 모르는 친구와 온라인으로 얘기하고, 영상으로 체육을 배웠다.

 그 사이 언제부터인가 가슴속에 커다란 용광로 하나가 자리를 잡은 것 같았다. 그 속에서 시뻘건 불이 계속 타올랐다. 너무 뜨겁고 괴로운데, 심장을 내보이지 않으면 아무도 모를 것이다. 결국에는 끓어올라 심장뿐만 아니라 뇌까지 다 태워버릴 것만 같았다. 성찬이 할 수 있는 것이라고는 고작 뜨겁고 답답함을 이기지 못해 애꿎은 손톱만 물어뜯는 것이었다. 손톱을 물어뜯다가 반창고가 붙어 있는 오른손 검지손가락이 눈에 들어왔다. 현우가 붙여준 것이다.

 남자애들끼리는 몸싸움하다가 넘어져 무릎에 피가 철철 흘러도 수돗가 물로 씻어내면 그만이다. 그런데 낯간지럽게 반창고라니……. 현우는 살 속으로 파고 들어가는 볼썽사나운 손톱을 분명 보았을 텐데, 이유조차 묻지 않았다. 아무도 모르는데 마치 알 것 같다는 표정으로……. 내일 온라인 수업에는 엄마가 없는 틈에 말을 걸어봐야겠다고 생각했다. 성찬의 얼굴에 오래간만에 짓궂은 웃음이 내려앉았다.

 어김없이 화상수업이 시작되었다. 현우는 화상수업을 하기 적당한 장소를 찾았다. 화장실 문 바로 옆 시계가 걸려있는 벽이었다. 테이블을 끌어다 옮겨놓고 벽에 기대고 자리를 잡았다. 그곳은 핸드폰 충전기를 꽂을 수 있는 콘센트가 있어서 아예 충전기를 꽂은 채 수업을 들을 수도 있었다.

정우는 다시 유치원에 나가기 시작했고, 할머니는 아침부터 전화를 받고 어디론가 나가셨다. 로딩 중이던 화면이 열리며 선생님의 얼굴이 등장했다. 그리고 친구들의 얼굴이 하나둘 나타나기 시작했다. 담임선생님은 오래간만에 화면을 켜고 수업에 참여한 현우를 칭찬했다. 그 때문인지 다른 아이들도 하나둘 화면을 켜기 시작했다. 담임선생님이 한 명씩 이름을 부르며 출석 체크를 하고 있을 때였다. 채팅창에 메시지가 떴다.

– 오우, 현우. 반갑구먼. 근데 얼굴이 큰바위얼굴?

성찬이었다. 현우에게 개인 메신저를 보낸 것이다. 성찬은 커다란 헤드셋을 끼고 씩 웃으며 화면 속 현우를 보고 있었다. 현우가 화면에 너무 가까이 얼굴을 댄 것을 깨닫고 뒤로 살짝 물러나며 채팅을 남겼다.

– 원조 호빵맨이 할 말은 아닌 듯.

– ㅋㅋ 큰바위얼굴과 호빵맨.

성찬이 뒤를 흘끔거리더니 다시 채팅을 남겼다.

– 나는 다시 열공 모드. 울 엄마 감시 중 ㅜㅜ

– 수고.

짧은 대화였지만 숨통이 트이는 것 같았다. 담임선생님은 오늘로써 2주간의 원격수업이 끝나고 다음 주는 등교하는 주간이라고 말씀하셨다. 현우는 성찬이를 비롯한 다른 친구들을 만날 생각을 하니 새삼 떨리기 시작했다. 입학식 날 딱 한 번 입어 본 교복을 다시 입는 것도 좋았다. 처음 중학교에 입학하게 되었을 때, 할머니는 교복값이 비쌀까 봐 며칠을 전전긍긍하셨다.

하지만 모두에게 공짜로 나눠주는 교복이라는 것을 알게 되었을 때 현우는 너무 기뻤다. 급식카드처럼 형편이 어려운 몇몇 아이들에게만 나눠주는 게 아니었다. 자기만 불쌍한 아이 취급을 받는 게 아니라, 모두에게 공평하게 나눠주는 것이어서 더 마음에 들었다. 괜히 주눅 들지 않아도 되니까. 당당하게 교복사에서 공짜 교복을 받아왔다. 사이즈가 다른 몇 벌을 신중하게 입어보고, 졸업할 때까지 입을 생각에 조금 넉넉한 것으로 받아왔다. 현우는 안방 옷장에 걸려있던 교복을 꺼냈다. 살짝 구겨진 부분에 분무기로 물을 뿌렸다. 손으로 탁탁 털어 빨래건조대에 걸어놓았다.

현우는 설레는 마음에 평소보다 일찍 학교로 향했다. 현우 때문에 정우까지 덩달아 일찍 일어나야 했다. 정우를 유치원에 데려다주고 학교로 가야 했기 때문이다. 자신도 모르게 빨라지는 발걸음에 정우가 자꾸만 뒤로 처졌다. 현우는 가다 서기를 반복하며 정우를 기다려줬고, 정우를 유치원에 데려다준 후에는 거의 달리다시피 학교로 갔다. 교문을 들어서자, 선생님들이 일렬로 서서 등교하는 학생들을 지켜보고 서 있었다. 학생들끼리 달라붙어 있지는 않은지, 발열 체크를 빠뜨린 학생은 없는지, 한 명이라도 놓치면 바이러스가 창궐이라도 할 듯 심각한 표정이었다.

하지만 학생들의 분위기는 너무도 상반되는, 다른 세계였다. 서로의 얼굴을 보는 것만으로도 즐거웠다. 마스크도 그들의 수다를 막을 수는 없었다. 삼삼오오 짝을 지어 얘기하고 어깨동무를 했다. 그러다가도 선생님이 가까이 다가가면 언제 그랬냐는 듯 삭삭 흩어지는 모양새가 한밤중에 불을 켜자 도망가는 바퀴벌레 떼 같다는 생각이 들기도 했다. 현우가 그런 생각으로 교실까지 걸어가는데, 누가 목을 조르며 뒤에서 다가왔다. 성찬이였다.

"인마, 어찌나 느리게 걷는지, 저 멀리서 따라잡았잖아."

현우는 성찬의 치근거림이 싫지 않았다. 이 순간 거리두기나 감염 따위를 생각하지는 않았다. 함께 교실에 들어가자, 자리마다 이름표가 붙어 있었다. 운이 좋게도 현우의 옆자리에 성찬의 이름표가 붙어 있었다. 책상 위에는 입학식 때 없던 가림막이 있었다. 성찬과 현우는 투명 가림막 사이로 서로를 쳐다보며 키득거렸다. 쓸데없는 표정을 짓거나, 좋아하는 유럽 축구 리그 얘기를 하기도 했다. 쉬는 시간에는 남자 아이들이 성찬의 주위로 몰려들었다. 성찬이 괴상한 표정을 짓거나 유튜버 흉내를 냈다. 아이들은 책상 위에 걸터앉아 재밌다며 낄낄거렸다.

그렇다고 놀기만 한 것은 아니다. 성찬이 현우에게 소인수 분해를 가르쳐줬기 때문이다. 수학 시간 전이었다. 숙제해 오지 못한 현우에게 성찬이 다가왔다. 이런 거는 형님한테 물어보라고, 눈감고도 풀 수 있다고, 기고만장했다. 현우는 성찬의 그 뻔뻔함이 오히려 편했다.

종례가 끝날 즈음이었다. 성찬은 정우를 데리러 유치원에 가기 위해 서둘러 가방을 싸는 중이었다.

"어디 가? 축구 한판 콜? 인원도 딱 맞췄어."

"동생 데리러 가야 해."

"정우?"

성찬의 눈이 반짝 빛났다. 모여 있는 애들에게 달려가서 한참이나 얘기를 나누더니 현우에게 다시 다가왔다.

"나도 같이 가자. 네 동생 완전 귀여워."

현우는 얼떨결에 성찬과 동행하게 되었다. 성찬이 우악스럽게 현우의 목덜미에 매달렸지만 싫지 않았다. 유치원에 다다랐을 때, 유치원 마당의 작은 놀이터에서 흙 놀이를 하는 정우를 발견했다. 신나서 형에게 달려드는 현우 앞을 성찬이 가로막으며 말했다.

"나한테 안겨, 나한테."

성찬은 팔을 쭉 펼친 채 갈 곳 잃은 눈동자를 굴리며 서 있는 정우를 번쩍 안아 들었다.

"와, 찹쌀떡이다. 찹쌀떡."

성찬은 정우의 볼을 제 볼에 대고 비벼대거나 손가락으로 쿡쿡 눌렀다. 정우는 찡그리면서도 싫지는 않은지 아예 성찬에게 고개를 쭉 내밀고 볼을 내어주었다. 성찬은 귀여운 정우에게 떡볶이를 사주겠다며, 둘을 분식점으로 끌고 갔다. 성찬은 매운 떡볶이를 먹겠다고 물을 몇 컵째 마시며 입 안 가득 떡볶이를 넣은 정우를 재미난 구경거리 보듯 쳐다보았다.

떡볶이를 다 먹은 후에는 성찬의 아파트에 있는 작은 풋살장으로 향했다. 성찬과 현우가 툭툭 공을 주고받자, 자기도 한번 차보겠다며 정우가 둘 사이를 할딱이며 뛰어다녔다. 그렇게 셋은 그동안 못 해본 것들을 하며 놀이터에서 시간을 보냈다. 술래잡기도 했고, 그네에 걸터앉아 쓸데없는 농담 따위로 시간을 보내기도 했다.

시간이 흘러 성찬이 학원에 가야 할 시간이 임박했다. 게다가 함께 노는 바람에 숙제도 하지 못했다. 정우가 불쌍한 눈빛으로 가려는 성찬을 자꾸만 막아섰다. 성찬은 한 번도 멋대로 학원을 빠져 본 적이 없었다. 한 번쯤은 괜찮지 않을까? 성찬은 생각했다. 학원을 빠지지 않고 부모님이 원하는 대로 열심히 했지만, 어김없이 잔소리를 듣고 혼이 났다. 어차피 혼이 날 것이라면, 그냥 혼날 만한 잘못을 저질러서 혼나보는 것도 별반 다르지 않을 것 같았다.

결국 성찬은 학원에 가지 않았다. 학원 선생님께 적당히 둘러대고 학원이 끝날 때까지 현우와 함께 놀았다. 날이 저물고, 내일은 다른 친구들과 함께 축구 한판 하기로 약속하고 각자의 집으로 돌아갔다.

현우가 정우의 손을 잡고 집으로 돌아가는 길이었다. 할머니의 파스가 얼마 남지 않았다는 게 마음에 걸렸다. 주머니에는 엄마가 돌아갈 때 준 만 원이 있었다. 성찬에게 떡볶이를 얻어먹으면서도 꺼내지 않은 돈이었다. 아파트를 빙 돌아 길 건너 약국으로 향했다. 할머니가 자주 쓰는 파스는 만 원이 조금 넘었다. 잔돈까지 털어 파스 하나를 샀다. 집으로 가는 길에 정우가 배가 아프다고 했다. 아마 매운 떡볶이를 먹어서 그런 것 같았다. 옆 단지 아파트 관리사무소로 향했다. 그곳 화장실에 정우를 들여보내고 밖에서 기다리고 있었다.

조금 떨어진 나무 벤치에 낯익은 사람이 앉아 있었다. 할머니였다. 이 아파트에 올 일이 없을 텐데, 의아하게 생각하면서도 쳐다보고만 있었다. 무서워하는 정우 때문에 화장실 앞을 떠날 수 없었기 때문이다. 큰 소리로 할머니를 부를까 생각하고 있을 때였다. 불량해 보이는 한 무리의 청소년들이 할머니에게 다가갔다. 현우는 그들이 혹시 할머니에게 해코지라도 할까 봐 가슴이 쿵쾅쿵쾅 뛰었다. 관리사무소에 사람이 있는지 흘깃거리며 긴장한 채 쳐다보고 있었다. 무슨 일이 생기면 달려가서 도움이라도 청할 요량이었다.

청소년들이 경계하듯 주위를 둘러보며 할머니에게 바짝 다가섰다. 그러자 할머니가 장바구니에서 무엇인가를 꺼냈다. 그것은 담배였다. 그리고 그들은 할머니에게 돈을 건네주고 담배를 받아 갔다. 믿을 수 없었다. 소문으로만 듣던 그것이었다. 청소년들에게 웃돈을 받고 담배를 파는 할머니가 있다는 것, 그리고 그 할머니가 손자들을 위해 굽은 허리로 일을 하는 자기 할머니라는 사실을……

현우는 어떻게 집까지 왔는지 기억이 나지 않았다. 그 자리에서 할머니에게 따져 묻고 싶었지만, 정우가 있었다. 정우에게 그런 모습을 보이고 싶지 않았다. 집에 돌아와 정우를 씻기고 아침에 먹은 설거지를 했다. 그리고 할머니를 기다렸다. 그 후로도 할머니는 한참이나 더 있다가 들어오셨다. 할머니의 손에는 삼겹살이 담긴 검은 봉투가 들려 있었다.

"후라이팬 좀 꺼내서 요놈 좀 구워봐라. 배에 기름기가 없어서 통 힘이 없으니께."

현우의 얼굴이 붉으락푸르락해졌다. 하도 주먹을 세게 쥐어서 손등에 핏줄이 올라오고, 손바닥에 손톱자국이 나는 것도 몰랐다. 그러면서도 텔레비전을 보고 있는 정우가 들을세라 작게 웅얼거렸다.

"할머니, 왜 그랬어요? 형들한테 담배 왜 팔았어요?"

"뭐시여? 워디서 이상한 말을 듣고 와가꼬 난리여?"

"말 좀 해보세요. 나쁜 일이잖아요. 나 다 봤다고요."

할머니가 검은 봉투를 탁, 하고 싱크대에 놓으며 말했다.

"그것 때매 이놈이 눈깔을 고로코롬 뜨고 할미를 쳐다보는 겨? 그래, 팔았다. 팔았어. 그게 대수여? 내가 지들더러 담배를 피우라고 했어, 어쨌어?"

"할머니."

현우는 저도 모르게 버럭 소리를 질렀다. 할머니는 문을 쾅 닫고 방으로 들어가 버렸다. 그리고는 혼잣말이라고 하기엔 너무 커서 들을 수밖에 없는 소리를 중얼거렸다.

"길에 앉아 손질한 나물이라도 팔고 있으면 사람 그림자도 보이지 않지, 심지어 지나가는 사람도 무슨 코로나에라도 걸릴 것처럼 얼씬도 안 하지, 공공근로로는 생활비가 턱도 없이 부족하지, 내 새끼 가게는 코로나인지 뭔지 때문에 문 닫기 일보 직전이지, 내가 뭐 이것저것 가릴 처지냐고. 보육원에라도 냅다 버리고 싶은 마음 굴뚝 같은데, 내 새끼가 낳은 자식이라고 이렇게 길러주는 걸 고맙게 생각할 줄 알아야지. 내가 전생에 무슨 죄를 지었길래 기껏 키워준 손자한테 이런 소리를 들으며 사는지……."

할머니의 넋두리가 고스란히 귀에 박혔다. 현우의 눈에서 눈물이 줄줄 흘러내렸다. 정우가 다가와서 어디 아프냐고, 할머니가 왜 화났냐고 물었지만, 대꾸할 말도 생각나지 않았다. 현우가 잘못한 거라고는 태어난 것밖에 없는데, 그것조차 제 의지로 태어난 것도 아닌데, 왜 끊임없이 고마워하고 죄송해야만 하는지 도무지 알 수 없었다. 계속해서 할머니의 말을 듣고 있다가는 미쳐버릴 것 같았다. 무작정 밖으로 뛰쳐나갔다. 정우가 형을 부르며 맨발로 따라오는 게 느껴졌지만, 뒤도 돌아보지 않고 냅다 달렸다.

성찬은 시치미를 뚝 떼고 집으로 들어왔다. 집에는 일찍 퇴근한 아빠와 엄마가 심각한 표정으로 소파에 나란히 앉아 있었다.

"엄마랑 아빠랑 이혼하기로 했어."

성찬은 죄송하다고 말했다. 자신이 학원을 빼먹어서, 안 그래도 힘든 부모님을 더 속상하게 해서 그런 것이다. 다시는 안 그럴 테니 한 번만 용서해달라고 말했다.

"뭐? 학원도 빼먹었어? 봐, 내가 아무리 노력해 봐야 소용 없다니까. 나도 더 이상 이 짓거리 지긋지긋해서 못 하겠어. 아무도 알아주는 사람 없고, 나만 죽어라 고생하는 거. 정말 지긋지긋해."

엄마의 말이 끝나기가 무섭게 아빠가 끼어들었다.

"코로나 때문에 안 그래도 힘들어 죽기 일보 직전인데, 알아주기는커녕 고작 집 안에 틀어박혀 살림만 하면 되는 여자가 말이야. 틈만 나면 앵앵거리고, 돈타령이나 해대는 니 엄마랑은 나도 더 이상 못 살아."

부모님은 최근 들어 걸핏하면 싸우기는 했지만, 그렇다고 이혼을 입 밖으로 꺼낼 정도로 분별없는 분은 아니었다.

"말 안 듣는 너도, 걸핏하면 화부터 내는 니 아빠도 다 보기 싫으니까 둘이 나가버려. 아니 내가 나갈까?"

"당신은 언제 내가 힘든 거 생각이나 해봤어? 오죽하면 화부터 낼까?"

엄마와 아빠는 누가 더 힘든지 내기라도 하는 것 같았다. 성찬은 그들의 힘듦에 힘듦을 얹는 존재일 뿐이라는 생각이 들었다. 자신은 한 번도 힘들다고 해보지 못한 것을, 부모님은 그렇게 서로 악을 쓰며 힘듦을 자랑하고 있었다. 그 사이에서 성찬이 할 수 있는 것은 없을 것 같았다. 아니 그들 사이에 자신은 더 이상 보이지 않는 것 같았다. 그대로 발길을 돌렸다. 현관을 나서는데 어디 가냐는 엄마의 날카로운 소리가 들렸지만, 대답하지 않았다. 무작정 밖으로 나갔다. 눈에서는 눈물이 흘러내리고, 물어뜯던 손톱이 쓰라렸다.

현우와 성찬은 약속이라도 한 듯 낮에 놀던 놀이터에서 만났다. 둘은 언제 울었냐는 듯 눈물을 감추고 알은체했다.

"어이, 왜 나왔냐?"

"그러는 너는 왜 나왔냐?"

둘에게 대답은 필요하지 않았다. 놀이터 그네에 나란히 앉아 시간을 보냈다. 학급 친구들 얘기도 하고, 담임선생님의 첫인상에 대해서도 얘기했다. 심각한 표정으로 호루라기를 불며 학생들끼리 붙어 다니지 말라고 아무도 듣지 않을 잔소리를 하던 선생님의 모습도 얘기했다. 아이들에게는 눈에 보이지 않는 코로나의 위협보다 친구를 만난 반가움이 더 크니까. 급식 메뉴에 대해 평가도 했다가, 초등학교 때 놀던 얘기도 했다. 하늘은 완전히 깜깜해졌고, 아파트 가로등이 차례로 켜지는 것을 구경했다. 아파트 창문을 올려다보며 불이 켜진 집을 세어보기도 했다.

그렇게 완전한 밤이 찾아왔고, 둘은 무작정 걸었다. 성찬의 주머니에 있던 돈으로 편의점에 들러 컵라면을 먹고 또 걸었다. 아홉 시가 넘어가자, 상가의 불이 모두 꺼졌다. 코로나는 사람들을 일찍 집에 들여보냈고, 집에 돌아갈 수 없는 그들이 갈 곳은 없었다. 밖은 생각보다 추웠다. 불이 꺼진 상가에 딱 한 곳 불 켜진 곳이 있었다. 무인 과자점이었다. 둘은 가게로 들어갔다. 밖에서 보일까 봐 아이스크림 냉장고 아래에 쪼그리고 자리를 잡았다. 얼마 지나지 않아 피로가 몰려오며 몸이 노곤해지기 시작했다. 서로의 어깨에 기대어 잠이 들었다. 얼마나 잤을까? 누군가 둘의 어깨를 두드렸다. 경찰이었다.

"너희 집 나온 거지?"

고개를 숙인 두 아이와 경찰 사이에 잠시 침묵이 이어졌다.

"애들이 집을 나오면 꼭 이런 곳에서 잠을 자거든. 그래서 순찰 중이었어. 그나저나 집 나오고 그러면 안 되는 거야. 집은 왜 나온 거야?"

둘 다 아무 말도 하지 않자, 경찰이 재촉했다. 그때 현우가 고개를 들고 경찰을 향해 말했다.

"아무도, 아무도 모르니까요. 우리가 힘든 건."

경찰이 영문을 모르겠다는 듯 다시 물었다. 그러자 성찬이 되풀이했다.

"맞아요. 아무도 우리를 모르고, 아무도 들어주지 않을 텐

43

데, 그러면 우린 어떻게 해야 해요?"

현우와 성찬은 결국 경찰 손에 이끌려 집으로 돌아갈 수밖에 없을 것이다. 아니, 경찰이 발견하지 않았다고 해도 그곳으로 돌아갈 것이다. 집은 그런 곳이니까. 하지만 돌아가서도 변하는 것은 없다. 마스크 속에 감춰 보이지 않는 입처럼 아이들이 하고 싶었던 말들은 끝내 아무도 모를 것이다.

– 한국문화예술위 〈코로나19 예술로〉 발표(2021)

잃어
가는
것들

잃어 가는 것들

머릿속에서 욕이 둥둥 떠다닌다.

'헐, 에바, 존나, 씨⋯⋯.'

불쾌하다. 고개를 저어도 자꾸만 맴돈다. 하기야 하루 종일 듣는 거라곤 그런 말들뿐이니 그럴 수밖에. 내 또래의 어른이 쓰는 언어가 무엇인지 잊어가는 느낌이다. 게다가 컨디션조차 엉망이다. 목구멍에 까슬한 밤톨을 삼킨 듯 목이 아프다. 소리를 하도 질러댄 탓일 것이다.

피곤함에 무거워진 눈을 슴벅거리며 차를 몰아 빌라의 필로티 주차장으로 진입했다. 다행히 구석에 자리가 하나 남았다. 후진으로 들어가 핸들을 몇 번이나 돌리며 앞뒤로 왔다 갔다 반복한 후에야 겨우 차를 댈 수 있었다. 임용이 되자마자 구입한 중고 소형차는 이십만 킬로미터를 넘어가고 있었다. 차를 바꾸고 싶지만, 소형차가 아니고서는 좁은 주차장에 진입하는 것도 힘들 테니 집을 옮기는 게 먼저일 것 같다.

차에서 내려 집으로 들어가려는데, 필로티 기둥과 담벼락 사이 바닥에 놓인 빈 먹이통이 보였다. 집에 들어가자마자 문 앞에 둔 사료 봉지와 생수 한 병을 챙겨서 나왔다. 사료 봉지를 들 힘도 남아 있지 않은데, 사료통에 사료를 붓고 물그릇을 채우고 있다. 언제까지 저 먹이통을 채워놓아야 하는 건지, 그때 거절하지 못했던 게 후회된다.

옆집 할머니가 현관 벨을 누른 것은 한 달 전이었다.

"다른 건 필요 없으니 사료와 물만 챙겨줘요."

다짜고짜 부탁했다. 빌라의 일 층에는 나와 할머니, 두 가구가 살고 있다. 출퇴근 길에 마주치면 눈인사를 나눈 적이 있긴 해도 서로의 안부를 물을 정도도 되지 않는 사이였다. "에이, 에바죠." 애들이라면 그렇게 말했을까? 싫은 건 죽어도 싫고, 하고 싶은 말은 기어코 하는 아이들이니, 거절도 분명하게 했을 것이다. 그러나 나는 거절하는 말을 꺼낼 타이밍을 놓치고 말았다. 그 틈에 할머니가 말을 덧붙였다.

"내가 한 달 동안 병원에 있어야 해서요. 먹이를 주지 않으면 굶어 죽을지도 몰라요."

얼떨결에 내 손에는 사료 봉지가 쥐어져 있었고, 그날 이후 숙제처럼 매일 퇴근하자마자 사료통에 사료와 물을 채워넣었다. 나는 늘 그렇다. 대놓고 마음이 넓지도 않으면서, 깍

쟁이 같다거나 차갑다는 말을 일상처럼 들으면서도 중요한 순간에 거절하지 못한다. 그로부터 한 달이 지나고 있다. 사료는 바닥을 드러내고 있지만, 옆집 할머니는 아직 돌아오지 않았다. 수북하게 쌓인 사료가 특유의 구린 냄새를 풍겼다.

나는 그동안 사료통의 먹이를 먹는 놈을 한 번도 본 적이 없었다. 그래도 먹긴 하는지 이틀이나 사흘이면 사료통은 비어 있다. 아마도 뒷산 어디쯤엔가 숨어있다가 사료 냄새를 맡고 나타나는 것 같다. 문득 이놈의 정체를 확인하고 싶어졌다. 집으로 들어가려던 마음을 접고 차 뒤에 쪼그리고 앉아 지켜보았다. 역시나 고양이가 나타나기는커녕 울음소리조차 들리지 않았다. 좋다고 꼬리를 흔들며 내 눈앞에 나타난다면 예뻐해 줄 수도 있을 텐데, 이놈은 여전히 코빼기도 보이지 않았다. 허탈하고 괘씸한 마음만 품은 채 집에 들어갔다. 신발도 채 벗기 전에 핸드폰이 울리기 시작했다. 번호를 확인하는 순간 가슴이 철렁 내려앉았다. 통화 버튼을 누르자마자 말이 쏟아졌다.

– 애가 집에 왔길래 물어보니 머리를 맞았다고 하네요. 얼굴도 조금 부은 것 같고. 아까 선생님 말투가 대수롭지 않은 듯했는데, 너무 안일하게 대처하신 것 아니에요? 학기 초부터 제가 몇 번이나 참은 거 아시죠? 아이들 관리를 도대체 어떻게 하고 계신 건지, 심지어 멀리 계셨다면서요?

– 그게 아니라…….

– 중요한 건 우리 애가 다 보는 앞에서 맞았다는 사실이에요. 이게 그냥 넘어갈 문제예요? 병원에서 시티촬영도 했고, 진단서도 뗐어요, 도저히 참을 수가 없네요. 내일 학교폭력 신고하러 찾아가겠습니다.

– 그게 어떻게 된 건가 하면…….

– 아, 됐고요. 내일 찾아갈 거니까 그렇게 아세요.

대꾸도, 변명도, 하다못해 아이의 상태도 묻지 못했다. 점심시간이었다. 하필이면 급식실에서 아이들을 지도하던 중이었다. 급식을 받기 위해 몰려드는 아이들 줄을 세우고 새치기하는 아이들이 있는지 살펴보고 있었다. 그 와중에 키가 큰 남학생 무리가 빈 급식 판을 테이블에 그대로 두고 일어나길래 그들을 불러 급식 판을 퇴식대에 가져다 놓으라고 했다. 무리 중 한 아이가 작게 중얼거렸다. 입 모양으로 봐선 분명 욕이 틀림없었지만 못 들은 척 넘어갔다. 따져봤자 욕을 하려고 한 게 아니라고 발뺌할 테고, 그 아이를 데리고 실랑이를 하다 보면 점심시간을 고스란히 바쳐야 할 게 분명했기 때문이다.

가끔은 못 들은 척 넘어가야 할 때도 있다는 것, 그걸 노련함이라고 불러야 할지 자존심이 없는 것이라고 해야 할지 나는 아직도 모르겠다. 그렇게 학생들이 다 착석한 것을 확인한 후 식당 한쪽에 파티션을 쳐 놓은 교직원 전용 좌석으로 향했다. 배식대 앞에 서서 돈가스를 막 집어 드는 찰나였다.

"샘, 싸움 났어요."

여학생 한 명이 급식실로 뛰어왔다. 나는 급식 판을 도로 내려놓고 교실로 향했다. 4층의 교실까지 한걸음에 뛰어가느라 숨이 턱 끝까지 차올랐다. 가쁜 숨을 몰아쉬며 모여 있는 아이들을 헤집고 다가갔다. 우리 반 앞 복도에서 은찬이와 현석이가 한데 엉켜 뒹굴고 있었다. 현석이가 씩씩거리며 마구잡이로 주먹을 휘둘렀다. 김 선생과 남학생 두 명이 현석의 몸을 잡아당기자, 현석은 씩씩거리며 허공을 향해 마구 헛손질을 해댔다. 나까지 합세해서 맞고 있는 은찬이를 현석에게서 떼어냈다. 현석이 화를 삭이지 못하고 계속 욕을 했고, 김 선생이 현석이를 질질 끌다시피 데리고 갔다.

"괜찮아?"

"네."

은찬이는 별말이 없었다. 제가 억울한 상황이었다면 내게 억울함을 호소하느라 바빴을 텐데, 말이 없는 걸 보니 무언가 잘못한 게 있는 모양이었다. 은찬이의 얼굴을 찬찬히 들여다봤다. 이마가 살짝 부어있었다. 일단 보건실로 데리고 갔다.

보건 선생은 병원 진료를 받을 만큼은 아니라고 했다. 그래도 방과 후에 병원 진료를 받아보는 게 어떠냐고, 은찬이에게 한 번 더 물었다. 은찬이는 방과 후에 친구들이랑 축구를 하기로 했는데, 병원에 가면 축구할 시간이 없다며 펄쩍 뛰기까지 했다. 학교에서보다 학원에서 더 많은 시간을 보내는 은찬이는 학원 가기 전 친구들이랑 축구하는 시간을 제일 좋아했다. 그 사실을 너무도 잘 알고 있기 때문에 더 이상 은찬이에게 강요할 수 없었다.

나는 은찬이에게 싸우게 된 경위를 들었다. 전날 방과 후 축구 때문에 시비가 붙었는데, 그것 때문에 기분이 상했던 은찬이가 SNS에 현석을 가리켜 '재수 없는 새끼, 엄마 없는 새끼'라는 말을 남긴 것이다. 현석의 사정을 알고 있는 나로서는 맞았다는 이유만으로 무작정 은찬이의 편을 들 수 없었다. 명백히 잘못한 게 있기 때문이었다.

그러는 사이 5교시 시작종이 울렸고, 부랴부랴 은찬이를 교실로 돌려보냈다. 뒤돌아서 교실로 향하는 은찬이는 언제 싸웠냐는 듯 친구들이랑 장난을 치고 있었다. 그런 모습을 보니 심하게 맞은 것 같지 않아 다행이다 싶었다.

은찬이는 장난기가 심해서 아이들과 곧잘 다툼을 일으키곤 하는 학생이었다. 그런 일로 혼을 내서 집으로 보낼 때마다 꼭 부모로부터 전화를 받았는데, 은찬이의 잘못을 부모에게 납득시키는 게 은찬이를 가르치는 것보다 훨씬 어려웠다.

이번에도 은찬이의 부모가 예민하게 반응하지 않을까 걱정부터 들었다. 은찬이의 상태에 대해 전달하기 위해 부모에게 전화를 걸었지만 받지 않았다. 눈에 띄는 상처가 있는 것도 아니고 본인도 괜찮다고 했으니, 부모도 이해할 것으로 생각했다. 마지막으로 아이들이 모두 하교한 후, 은찬이 어머니에게 오늘 있었던 일을 간단히 문자로 남겼다. 부모와 직접 통화하지 못한 게 마음에 걸렸기 때문이었다.

올해로 교직 7년 차에 접어들었다. 대학에서는 학습이론, 교수학습 방법 등을 배우고, 임용고시에서는 교육학, 전공, 수업 실기를 보지만, 학교에 발을 들이는 순간 그것은 내게 1할의 비중도 차지하지 못했다. 교실에서 아이들과의 기 싸움에서 지지 않아야 하고, 매일 발생하는 문제 상황을 해결해야 하며, 자리를 바꾸거나 청소 당번을 정하고, 교복을 갖춰 입지 않거나 복도에서 뛰어다니는 아이들을 지도한다.

물론 공강 시간에는 공문을 확인하고 행정 업무를 수행해야 한다. 그렇게 정신없는 하루를 보내고 퇴근하면 어김없이 내 손에는 채점하지 못한 수행평가 결과물이 안겨 있다. 물론 이런 일과는 별 탈 없이 하루를 보낸 날에 한해서이다.

그중에서 나를 가장 힘들게 하는 것은 학교에서의 일로 학부모로부터 민원 성격의 전화를 받는 경우이다. 그런 학부모와 통화를 하다 보면 내가 교육하고 있는 것인지, 서비스를 제공하고 있는 것인지 분간할 수가 없다. 교사에 대한 자부심이나 교직에 대한 신념이 자리할 틈이 없었고, 학부모의 전화가 울리기만 해도 바닥까지 뚝 떨어져 내리는 유약한 심장만 남아 있을 뿐이었다.

은찬이 어머니와의 일방적인 통화를 마치고 나니, 모든 사고와 욕구가 멈춘 듯했다. 머릿속은 쓰레기통이 된 것 같았다. 아니, 온몸이 쓰레기통에 처박힌 것 같았다. 핸드폰을 내려놓으려는데, 내 SNS 프로필에 눈이 갔다. 체험학습에서 아이들과 함께 찍은 사진이었다. 프로필 사진을 클릭했다. 그동안 내가 프로필에 올려놓은 사진을 하나씩 넘겨 보았다. 스승의 날 우리 반 친구가 그려준 내 초상화, 체험학습 날 아이들과 함께 찍은 사진이 차례로 나타났다. 언제부터인가 나는 이런 사진들을 프로필에 올려놓고 있었다.

갑자기 웃음이 났다. 정말 웃기는 직업이다. 이게 뭐라고, 고작 이런 것들로 위안 삼으며 생활해야 하는 걸까? 그 와중에 또 한 학생에게 눈길이 갔다. 단체 사진 속 내 옆에 앉은 여학생 예지. 긴 앞머리를 커튼처럼 늘어뜨리고 음산하게 카메라를 보고 있는 아이, 누구도 곁을 내어주지 않는 외딴섬 같은 아이. 짝을 바꾸거나 모둠을 짤 때마다 어느 곳에도 끼지 못했고, 아이들도 노골적으로 싫어하는 티를 냈다.

아니나 다를까 체험학습 날 누구도 예지와 함께 다니려고 하지 않았다. 넓은 놀이동산을 예지 혼자서 돌아다닐 생각을 하니 불안했다. 놀이동산 어딘가를 떠돌다 집합 시간에 나타나지 않으면 어떡하나 싶었다. 결국 나는 예지의 짝꿍이 되어 함께 구경하고 함께 밥을 먹었다. 예지는 차마 선생님을 거절할 수 없었던 것인지, 내내 알 수 없는 표정을 지으면서도 내게서 떨어지지 않았다. 그리고 체험학습을 다녀온 주말, 한 통의 문자를 받았다.

– 감사합니다.

예지에게 이 다섯 글자는 얼마나 고르고 고른 말이었을까? 다섯 글자 안에 꾹꾹 눌러 담은 예지의 마음이 고스란히 느껴졌다. 알 수 없는 고양감이 가슴속에 파문처럼 번졌다. 그리고 그 순간, 누군가에게 그런 존재가 되었다는 사실만으로도 이 직업을 가지게 된 것을 후회하지 않을 것 같다는 생각이 잠깐 들었다.

하지만 그뿐이다. 일 년짜리 책임감에 영혼을 갈아 넣을 필요가 있을까? 아이들에게 조금이라도 도움이 되고자 방과 후 시간을 내어 상담이라도 하면 학원 시간에 늦는다며, 불퉁한 표정을 한 채 눈으로 욕하는 아이들을 위해서 말이다.

점심시간이었다. 식당에 김 선생이 보이지 않는가 싶더니, 어제에 이어 오늘도 그 일로 현석이와 얘기하고 있었다. 역시나 또 점심을 거른 게 분명해 보였다.

"아, 씨팔, 그 새끼가 먼저 페북에서 욕했다니까요."

"그래, 정말 화가 많이 났겠지. 그렇다고 해서 친구를 때리는 행동이 정당화될 수는 없지 않겠니?"

"아, 씨팔, 나한테만 맨날 지랄이야?"

현석이 벌떡 일어나 교무실 밖으로 뛰쳐나갔다.

"현석아!"

장작이 쪼개지는 듯한 김 선생의 목소리가 허공을 갈랐지만, 현석이는 돌아보지 않았다. 김 선생은 내 또래였다. 사범대학을 졸업하자마자 교사가 된 나와 달리, 한때 은행원이었던 그녀는 뒤늦게 교사가 되어 교직 경력 삼 년을 넘기고 있었다.

언젠가 내가 그녀에게 물은 적이 있다. 은행원을 그만두지 않았다면 지금보다는 훨씬 고액의 연봉을 받으며 편히 살고 있지 않았겠느냐고. 그러자 그녀가 말했다. 이왕이면 누군가에게 도움이 될 수 있는 보람된 일을 하고 싶어서 교사가 되었다고. 나는 그 말에 씁쓸한 미소를 지었다. 모범생으로 자라 교사라는 직업만큼 좋은 게 없다는 어른들의 말에 당연하듯 선생이 된 나였으니까. 김 선생을 보고 있으면 한 번도 내 직업에 대해 깊이 생각해 본 적이 없는 내가 철부지같이 느껴졌다.

"또 담임에게 욕하네요. 저 버릇은 언제 고칠는지. 이참에 징계위를 열어요. 한두 번이 아니잖아요. 선생님은 화도 안 나요?"

"그냥 안타까운 마음만 들어요. 저렇게 뛰쳐나가서 다른 사고나 안 치면 좋겠어요. 좀 거칠어서 그렇지, 마음은 또 여리거든요. 나중에 제 발로 찾아와서 제게 사과한다니까요."

김 선생의 쇠 긁는 듯한 목소리가 그날따라 유독 심했다. 아마 성대결절이 도진 모양이다.

"그러면 선생님은요? 선생님은 괜찮으세요? 정말 아무렇지 않아요?"

김 선생은 제게 거는 주문인양 교무실 문을 향해 말했다.

"전 올바른 행동이 무엇인지 가르쳐야 하는 사람이고, 현석이는 배우면 되는 거니까요."

김 선생의 주문이 제대로 먹히기라도 한 것인지 점심시간이 끝나기도 전에 현석은 은찬이를 데리고 교무실에 나타났다.

"샘, 아까 욕해서 죄송합니다."

"죄송하다는 생각이 들긴 했구나?"

"네, 샘."

"그럼 난 됐어. 그렇지만 친구를 때린 벌로 청소는 시킬 거야."

현석이가 고개를 끄덕였다.

"그리고 은찬이한테 사과도 했어요."

"은찬아, 정말 현석이가 사과한 거니?"

그 말에 놀란 내가 고개를 돌려 은찬이에게 묻자, 고개를 끄덕였다.

"솔직히 저도 잘못한 게 있으니까요."

"다친 곳은?"

"괜찮아요. 아무렇지도 않아요. 그러면 우리 이제 운동장 나가서 축구해도 돼요?"

은찬이가 옆구리에 낀 축구공을 만지작거렸다. 김 선생과 나의 허락이 떨어지자마자 둘은 어깨동무하며 교무실을 나갔다. 그 모습을 보며 이번 일은 이렇게 잘 지나가겠거니 생각하고 있는데, 핸드폰이 울렸다. 은찬이 어머니였다.

— 네, 어머님. 오늘 현석이가 은찬이에게 사과했습니다.

— 그래서요? 사과한다고 맞은 사실이 없어지는 건 아니잖아요? 애들 마치는 시간에 맞춰 찾아간다고 전화한 거예요.

— 아, 네. 알겠습니다. 있다가 뵙겠습니다.

김 선생이 내 표정을 읽었다.

"뭐라고 해요?"

"찾아오겠대요."

김 선생이 나를 위로하듯 말했다.

"별다른 얘기 하겠어요? 큰 상처가 남은 것도 아니고, 둘이 서로 화해도 했는데."

늘 태평한 것은 김 선생의 천성이었다. 무슨 일만 생기면 간이 쪼그라드는 나와는 딴판이었다. 그 모습을 본받고 싶다가도 저러다 큰일이라도 당하는 것은 아닌지 불안했다. 아니나 다를까 이번만큼은 김 선생의 예측이 빗나갔다. 아이들이 모두 하교하고 난 뒤였다. 선생들이 저마다 밀린 업무를 하느라 컴퓨터에 시선을 뺏긴 탓에 교무실은 어느 때보다도 조용했다. 정적을 깨고 문을 벌컥 열며 은찬이 어머니가 등장했다.

"우리 애가 친구들이 다 보는 복도에서 머리를 맞고 있는데, 선생님은 뭐 하고 계셨어요? 그런 일을 사전에 막는 게 담임의 책임 아니에요? 게다가 그 애가 평소 행실도 좋지 않다고 하던데, 알고 있었어요? 심지어 우리 애는 병원에도 데려가지 않고, 그냥 집으로 돌려보내시고."

"그건 은찬이가 괜찮다고 하기도 했고……."

"다 필요 없고, 학교폭력으로 신고할 거예요."

그때였다. 김 선생이 은찬이 어머니에게 다가갔다.

"안녕하세요. 은찬이랑 싸웠던 현석이 담임입니다. 현석이가 때린 것은 분명히 잘못한 것이죠, 그래서 오늘 은찬이에게 사과도 했습니다. 은찬이도 받아줬고요. 그와 상관없이 현석이가 잘못한 행동에 대해서는 저희가 책임지고 훈육하겠습니다. 물론 은찬이가 먼저 SNS에서 현석이 욕을 하긴 했더라고요."

"지금 우리 애가 잘못했다는 거예요? 자기 반 학생 단속이나 잘하시지, 무슨 폭력배도 아니고 주먹질을 해요? 그 애 때문에 우리 애가 맞아서 뇌에 충격이 갔을 수도 있잖아요. 다른 얘기는 더 듣고 싶지 않으니 학교폭력 신고나 해주세요."

"제가 책임지고 혼내겠습니다. 그래도 그건 다시 생각을……."

"저희 반 학부모님이시니 제가 마저 얘기 나눌게요."

내가 김 선생의 말을 가로막았다. 그녀의 입에서 나올 말이 무엇인지 짐작하는 것은 어렵지 않았고, 은찬이 어머니가 말이 통하지 않을 것도 분명했다. 대화가 더 길어지기 전에 끝을 내고 싶었다.

"알겠습니다. 학교폭력 신고 접수하도록 하겠습니다."

"그리고 담임이면 담임답게 애들 케어 좀 잘하세요. 제가 학교에 뭐 교육을 해 달라고 했어요? 그냥 잘 데리고만 있어 달라는데, 그게 어려워요? 어디 불안해서 학교에 보내겠어요? 다음에 또 이런 일이 생기면 교장실로 찾아갈 테니 그렇게 아세요."

"네. 알겠습니다."

기계적으로 대답했다. 나더러 도대체 뭘 더 하라는 것인지 모르겠지만……. 그제야 만족했는지 은찬이 어머니는 바닥을 부숴놓을 듯 살벌하게 또각거리는 구두 굽 소리를 내며 사라졌다. 한바탕 회오리가 휩쓸고 간 교무실에는 여기저기 한숨 소리와 넋두리가 들렸고, 나를 향한 위로의 말들이 이어졌다. 그리고 그 순간 교무실의 선생들은 잘 알고 있었다. 이것은 누구도 예외 없이 빈번하게 겪는 일이었으며, 결국은 오롯이 혼자서 감내하는 수밖에 없다는 사실을…….

나는 애써 아무렇지 않은 듯 공문 접수를 위해 행정 업무 프로그램을 열었지만, 기분은 마구 짓이겨진 채 쓰레기통 바닥에 들러붙은 것만 같았다. 김 선생을 쳐다보았다. 멍하니 모니터에 시선을 고정한 채 앉아 있었다. 아마도 학교폭력 가해자가 될 지경에 이른 현석을 위해 해줄 수 있는 일을 고민하고 있을 것이다. 김 선생이 내게 말했다.

"그래도 학폭 신고는 너무 과한 것 같아요. 이미 서로 화해도 했는데. 제가 한 번 더 설득해 볼게요. 벌을 주는 것보다는 충분히 가르쳐서 다시는 그런 일이 일어나지 않게 하는 일이 중요하지 않을까요?"

"선생님, 죄송하지만 저는 괜히 불똥 튀는 일은 하고 싶지 않습니다. 아시잖아요? 섣불리 중재하려다가 어떤 일이 생기는지. 겨울방학까지 한 달 정도밖에 남지 않았어요. 학년

말 업무도 많잖아요. 그냥 원하는 대로 해줘요. 우리 생각이 무슨 소용 있겠어요? 가르쳐요? 요즘 애들이 가르침 따위를 바란대요?"

실수였다. 마지막 말은 내뱉는 게 아니었다. 내뱉는 순간 알고 있었다. 그녀의 진정성을 깔아뭉개는 말이나 다름없다는 것을. 하지만 김 선생은 아무 말도 하지 않은 채 슬며시 일어나 물조리개에 물을 받아왔다. 창가에 나란히 놓인 다육식물에 물을 주기 시작했다. 고민이 많을 때 그녀가 곧잘 하는 일이다. 그녀는 자신을 식물 집사라 부를 정도로 다육식물 키우는 일에 진심이었다. 물을 많이 주면 썩어버리고 햇볕이 부족하면 웃자란다며, 심지어 관심을 주지 않으면 금세 죽어버린다고 하루도 빼놓지 않고 살폈다.

그렇게 잘 자란 다육식물은 목 대에 잎이 무성하게 되는데, 불필요한 잎들을 떼어 잎꽂이로 다른 화분에 또 옮겨 심는다. 옮겨 심은 다육식물이 뿌리를 내리면 그녀는 동료 교사나 학생들에게 하나씩 선물하곤 했다. 잊고 있었다. 그녀는 생명을 키워내는 일만큼 고귀한 일이 있겠냐며, 다육식물을 키우는 것에 비할 수도 없을 만큼 아이들을 키우는 일이 얼마나 고귀한 것인지 알아야 한다고 꿈같은 얘기를 하는 사람이라는 것을.

나는 떨쳐낼 수 없는 불쾌감을 잔뜩 얹은 채 퇴근했다. 주차장 한쪽의 빈 먹이통이 보였다. 길고양이가 내게 감사의 인사라도 하기를 바란 건 아니지만, 한 달이 다 되도록 고양이의 흔적조차 보지 못했다는 사실에 갑자기 심술이 났다. 보람도 없는 일 따위는 더 이상 눈곱만큼도 하고 싶지 않았다. 철저하게 나만 생각하며 살고 싶다고 생각하며 사료를 먹이통에 부었다. 봉지를 탈탈 털었는데도 먹이통의 반도 차지 않았다. 사료를 사려면 다시 차를 몰고 마트까지 가야 했다. 하지만 그런 정성까지 들이고 싶지 않았다. 빈 사료 봉지를 쓰레기통에 버리고 집으로 들어가 버렸다.

출근하자마자 교무실이 시끄러웠다. 교무실 밖에는 일찍 등교한 학생들이 잔뜩 모여 있었다. 무리를 헤치고 교무실에 들어서니 누군가 교무실 한가운데 서서 고함을 지르고 있었다. 그 옆에 현석이 잔뜩 기가 죽은 채 서 있었다. 고함을 치는 사람이 그의 아버지인 듯 보였다.

"우리 애 선생 어딨어? 너야?"

"네. 무슨 일이죠?"

"네가 현석이 엄마한테 사과하라고 시켰어?"

"네. 그런데……."

"네가 뭔데 사과하라느니, 말도 안 되는 소리를 지껄여?"

"문제를 원만하게 해결……."

"우리 애가 뭘 잘못했어? 그럼 그런 애를 가만히 놔둬? 내가 가르쳤다. 시비 거는 애는 가만두지 말라고 내가 가르쳤다. 왜?"

"친구들 간의 다툼을 폭력으로 해결하는 것은……."

"네가 뭔데 나한테 이래라저래라야? 내 새끼야. 내가 알아서 한다고."

"학교폭력 신고가 되면……."

"아, 거참 말 많네. 신고고 나발이고 할 테면 하라고 해. 가만 안 놔둘 테니까. 알았어?"

김 선생의 말은 생선토막처럼 뚝뚝 잘려 나갔다.

"야, 이 새끼야. 내가 학교에서 문제 일으키지 말라고 했어, 안 했어? 그리고 누가 밖에서 질질 짜랬어?"

그는 주위 사람은 신경 쓰지 않는 듯 현석이를 향해 고함을 질렀고, 현석이는 울음소리조차 죽인 채 눈물만 뚝뚝 흘리고 있었다. 그렇게 한참이나 소란을 피우던 현석이 아버지는 때마침 나타난 교감의 만류에 못 이긴 척 씩씩대며 돌아갔다. 김 선생이 힘없이 자리에 앉았다. 그녀의 손이 잘게 떨리고 있었다.

"저 때문에 괜히 선생님만 불편하게 해드렸어요. 그냥 아무것도 하지 말고 가만히 있어야 했나 봐요. 그렇지만……."

뒷말은 잘려, 나가지 않았다. 스스로 삼켰을 뿐. 김 선생이 책상 위에 놓인 작은 다육식물의 잎을 만지작거렸다. 잎이 뭉개지고 있는 것도 인지하지 못한 사이 그녀의 손가락 끝이 초록 물로 번져가고 있었다.

나는 그녀에게 해주어야 할 위로의 말이 무엇인지 알고 있었다. 당신의 선의가 쓸데없는 참견 따위로 치부되어서는 안 된다고, 당신은 교사로서 최선을 다하고 있다고 말해줘야 한다는 것을 알고 있다. 다른 선생들이 잊어버리라며, 이상한 학부모일 뿐이니 너무 마음 쓰지 말라며, 한 마디씩 건네는 동안 나는 아무 말도 하지 못했다.

이런 대접을 받고도 여전히 아이들을 보면 사랑스러워 미칠 것 같다는 얼굴을 하는 그녀에 대한 질투일 수도 있고, 곤란한 일을 키운 그녀에 대한 원망일 수도 있었다. 나는 위로의 말을 건네는 대신 어제 미뤄두었던 학교폭력 신고 접수를 위해 컴퓨터 자판을 두드리기 시작했다. 일시, 장소, 사건 경위, 마치 범죄자를 조사하는 경찰관처럼. 그렇게 내가 작성한 작은 서류 한 장에는 아이들의 마음, 앞으로의 관계, 가르쳐야 할 바른 행동 따위는 존재하지 않았다. 건조한 문체 속에 가해자와 피해자로 표현된 행위만 있을 뿐.

교감이 교무실 문을 두드리며 들어왔다.

"김 선생, 잠깐 얘기 좀 할 수 있을까요?"

교감을 따라 김 선생이 복도로 나갔다. 조용한 곳에서 얘기해도 될 터였다. 교감은 사람들이 다니는 복도에 선 채 김 선생과 얘기를 나눴다. 문 쪽에 앉은 내 자리에서 교감이 하는 말들은 구두점까지 또렷이 들렸다.

시작은 위로였다. 무례한 학부모 때문에 얼마나 힘들었냐고, 그런 사람이 뱉은 말들에 상처받지 말라고. 그러나 본론은 따로 있었다. 굳이 나서서 해결하려다가 괜히 트집 잡힐 일 만들지 말라고, 그래봤자 당신의 선의에 감사는커녕 교사의 잘못으로 몰아세우려 혈안이 될 뿐이라고. 당신은 그 아이가 평소 행실이 어땠는지, 담임으로서 그 학생에게 적절한 지도를 했는지, 기록으로 남겨놓는 일만 하면 된다는 것이었다. 그것이 선생님을 지키고, 학교를 지키는 일이라고 말이다.

그녀의 대답은 잘 들리지 않았다. 아마 쉰 목소리를 쥐어짜며 겨우 '네' 한 글자를 꺼냈을 뿐이라는 걸 짐작할 수 있었다. 그리고 그 '네'라는 단어 뒤에 붙을 수많은 '그렇지만, 그러나' 같은 단어를 삼켰으리라는 것도.

김 선생은 퇴근 시간이 지나도 자리에서 일어날 줄 몰랐다. 선생이라면 언제든 겪을 수 있는 일이라고 하지만 그렇다고 아무렇지 않은 건 아니니까. 아마도 김 선생은 자신의 방식으로 견뎌내기 위한 시간이 필요할 것이다. 김 선생을 두고 나오는 발걸음이 좋을 리 만무했다. 김 선생에 대한 연민과 교사라는 직업에 대한 회의감, 현석의 담임이 아니라서 다행이라는 이기적인 마음이 마구잡이로 뒤섞여 온몸을 짓누르는 것 같은 기분이 들었다.

현관 앞에서 신발을 벗는데, 엄마에게 전화가 왔다. 엄마는 주말에 있을 고종사촌 언니의 결혼식을 잊은 건 아니냐고 말했다. 정말 까맣게 잊고 있었다. 학교에 가면 수많은 사건에 치여 내가 무엇을 잊고 있는지조차 잊기 일쑤니까. 심지어 오늘 같은 날이면 어떤 것도 기억하고 싶지 않을 만큼 머릿속이 엉망이라고 엄마에게 말할 수도 없었다.

그리고 잊은 게 하나 더 있었지만, 미처 떠올리지 못했다. 고양이 사료와 물을 챙겨줘야 한다는 것을.

강남의 결혼식장은 붐볐다. 코로나로 막혀있던 결혼식이 봇물 터지듯 밀려든 탓이다. 서른의 중반을 넘어가고 있는 내 친구들은 지금이 결혼의 마지노선인 것처럼 경쟁하듯 청첩장을 돌렸다. 나와 나이가 같다는 고종사촌도 그 경쟁의 대열에 뛰어든 모양이었다. 코로나가 끝나자 사람들은 하지 못했던 일을 하고, 가지 못했던 곳을 가며, 그동안 잃었던 시간을 보상받기 위해 안달이 난 것 같다. 그렇게 잃어버린 것들을 완벽하게 되찾고 예전의 일상을 살아가고 있는 듯 보였다. 그런데 왜 난 여전히 중요한 무엇인가를 잃어버린 느낌이 드는 것일까?

전 타임의 예식이 막 끝났다. 예식장을 나오는 사람들과 다음 결혼식에 일찍 온 하객까지 모두 뒤섞여 누구의 가족인지, 친지인지 친구인지조차 구분되지 않을 정도로 붐볐다. 사람들에 섞여 갈피를 못 잡고 헤매던 나를 엄마가 예식장 안으로 데리고 들어갔다.

적당히 구경하다가 예식이 끝나면 몰래 사라질 생각이었다. 하지만 계획은 뜻대로 되지 않았다. 신랑보다 가족이 적으면 면이 서지 않는다는 엄마의 말에, 굳이 친척들 끄트머리에 서서 단체 사진까지 찍었다. 그 후에도 뷔페식당에 앉아 다 먹은 접시를 앞에 두고 일어나지도 못한 채 나는 가족들의 품평회를 들어야 했다.

고종사촌이 몇 수만에 9급 공무원 시험에 합격하더니 결국엔 대기업 다니는 남편을 얻었다거나, 혼수로 장만해 준 집이 전세라는 게 좀 아쉽다거나 하는 말들이었고, 그 대화의 끝에는 꼭 내가 등장했다. 지수는 교사니까 얼마든지 좋은 남자를 만날 수 있을 것이라고도 했고, 애를 키우며 다닐 수 있는 직업 가운데 교사만큼 좋은 게 어디 있겠냐며 맞장구를 치기도 했다. 일반 회사원들은 꿈도 못 꾸는 긴 방학도 있지 않냐는 부러움 섞인 말들도 있었다.

그리고 "요즘 아이들이 버릇이 없다면서요?"라던가, "중 2는

북한도 두려워한다는데 정말 그래요?"라는 질문을 받았다. 실은 어느 곳에서든 내가 교사라고 하면 흔히 받는 질문들인데, 그때마다 나는 어떻게 대답해야 할지 난감했다. "정말 버르장머리 없는 못된 애가 있어요"라고 하면 마치 아이들에게 애정이 없는 교사처럼 느껴지고, "그래도 예쁜 아이들이 훨씬 더 많아요"라고 하면 스스로가 가식적으로 느껴졌다. 왜냐하면 해가 갈수록 나는 나의 일이 생계를 위한 수단인 여러 가지 직업 중 하나라고 여기기 위해 노력했고, 아이들에게 점점 더 무뎌져 가고 있었기 때문이다.

그렇게 친척들의 질문 세례에 어정쩡하게 웃어넘기며 시간을 보내다가 집으로 돌아가기 위해 예식장을 나설 때였다. 엄마가 살얼음이 낀 계단을 잘못 디뎌 발목을 접질렀다. 하나밖에 없는 딸이 집을 놔두고 고작 두 시간 거리의 자취방을 구한 것도 괘씸하다고, 잊을 만하면 끄집어내는데, 엄마가 아픈데 자취방으로 돌아가겠다고 하면 오죽하겠는가? 나는 엄마를 부축하며 본가까지 따라갔고, 자취방으로 돌아갈 생각은 접고 하룻밤 자기로 했다.

그날 밤은 이례적인 한파가 몰려왔다. 바람은 사납게 창문을 두드렸고, 설상가상 싸라기눈까지 내렸다. 수도가 얼어버릴까 봐 걱정하는 엄마를 위해 마당으로 나갔다. 계량기 뚜껑을 열고 못 쓰는 담요를 계량기에 돌돌 말았다. 엄마의 평

퍼짐한 패딩점퍼를 입고 나갔는데 시린 바람이 점퍼와 슬리퍼 사이로 비집고 들어왔다. 이런 날 밖에 있다가는 꼼짝없이 얼어 죽을 것만 같았다. 서둘러 방 안으로 들어왔다. 난방 온도를 높여놓고 따뜻한 바닥에 이불을 깔고 누웠다. 몸은 노곤하게 풀리고 잠이 슬슬 몰려올 즈음이었다. 문득 고양이 밥을 챙기지 못했다는 사실이 떠올랐다. 이렇게 추운 날 먹이도 먹지 못하고 돌아다니다가 꼼짝없이 얼어 죽는 것이 아닐까, 생각하다가도 명색이 길에서 태어난 길고양이인데 고작 먹이 좀 주지 않았다고 얼어 죽을 리 있겠냐는 생각이 교차했다.

하지만 더 고민할 것도 없었다. 한 번도 눈에 띈 적 없는 고양이에게 사료를 주기 위해 눈까지 내리는 한밤중에 자취방으로 돌아갈 정도까지는 아니라고 생각했으니까. 마음 한쪽에 자리한 불편함을 애써 무시한 채 잠이 들었다.

일요일 밤늦게 집에 돌아왔다. 빈 사료통과 얼어버린 물그릇이 보였다. 현관 앞에 놓아둔 사료 봉지를 찾았다. 보이지 않았다. 한참 현관 앞을 맴돈 후에야 사료가 다 떨어졌던 사실을 떠올렸다. 시계는 열 시를 넘어가고 있었다. 마트는 문을 닫았고, 편의점에 사료가 있을지 알 수 없었다. 그리고 피곤했다. 엄마가 발목이 아프다는 핑계로 내게 종일 이것저것 일을 시켰기 때문이다.

내일 퇴근하는 길에 사료를 사 와야겠다고 마음먹고 침대에 누웠다. 혹시 배고픈 고양이가 먹이를 내놓으라며 울지나 않을까 하는 마음에 복도로 난 창을 향해 귀를 기울여 보기도 했지만, 아무 소리도 들리지 않았다. 쓸모없는 짓이었다.

출근한 김 선생의 낯빛이 눈에 띄게 어두워 보였다. 월요일 아침이면 꼭 창가의 다육식물에 물을 줬는데, 그것조차 잊은 듯했다. 그때였다. 김 선생의 테이블 위 전화벨이 무섭게 울렸다. 교감인 것 같았다. 전화를 받은 김 선생이 종일 교장실과 교감실을 들락거렸다.

학교폭력 사건을 담당하는 선생으로부터 현석이 아버지가 교육청에 민원을 넣었다는 사실을 전해 들었다. 교사가 사건을 무마시키기 위해 사과를 강요하고 아이를 범죄자 취급했다는 것이다. 이럴 줄 알았다. 매뉴얼에 있는 내용 말고는 어떤 일도 해서는 안 된다. 그것이 교육적이냐 아니냐는 중요하지 않다. 김 선생을 돌아보았다. 키보드 두드리는 소리가 유난히 도드라졌다. 벌갛게 충혈된 눈으로 학교폭력 접수를 위해 서류를 작성하고 있었다.

현석이 아버지가 은찬이를 가해자로 신고했다. 이유는 은찬이가 SNS에 현석의 욕을 한 것이다. 내가 그랬던 것처럼 김 선생도 서류를 작성했다. 가해자와 피해자가 뒤바뀐 서류였다. 그리고 나는 또 은찬이 어머니에게 전화를 걸었다.

"현석이가 은찬이를 학교폭력 가해자로 신고했습니다. 은찬이가 SNS에 현석이 욕을 한 것에 대해서요."

"학창 시절에 그 정도 뒷담화는 우리도 다 해보지 않았어요? 그런데 학폭이라뇨? 선생님은 어떻게 생각하세요? 이게 말이 돼요?"

마음 같으면 당장이라도 반문하고 싶었다. 학창 시절에 싸움 한 번 안 한 친구도 없지 않냐고, 지금도 운동장에서 함께 공을 차고 있는 저 둘의 의사는 중요하지 않냐고. 하지만 나는 꼬투리 잡히지 않을 대답이 무엇인지 알고 있었다.

"제 생각은 중요하지 않습니다. 현석이가 정식으로 신고했고, 전 그 사실을 전달하는 것뿐이니까요."

"은찬이 담임이시잖아요. 그러면 우리 은찬이 편을 들어야 하는 거 아니에요? 어쩜 이렇게 쌀쌀맞게 말씀하시는 거예요? 은찬이가 불쌍하지도 않아요?"

은찬이 어머니가 계속 쏘아붙였지만 나는 아무 말도 하지 않았다. 그것이 전화를 빨리 끊는 방법이라는 걸 알고 있기 때문이다. 한참을 따져 묻던 은찬이 어머니가 말이 안 통한다는 듯 긴 한숨을 내쉬며 전화를 끊었다.

점심시간이 되었는데도 김 선생은 자리에서 일어날 생각을 하지 않았다.

"밥 먹으러 가요."

"제가 노련하지 못했던 것 같아요. 선생님 말씀대로 나는 아무것도 하지 말아야 했나 봐요. 그렇지만 현석이가……."

아무렇지 않은 듯 말했지만, 상기된 표정과 충혈된 눈가는 숨길 수 없었다. 주말 동안 김 선생은 현석이 아버지로부터 세 통의 전화를 받았다고 한다. 처음에는 자기 아내에게 그깟 일로 고개를 숙이라고 하는 거냐고 따졌고, 두 번째 전화에서는 당신 때문에 부부 관계가 악화하면 책임질 거냐고 화를 냈다. 그리고 밤에는 술에 취한 목소리로 앞으로 현석이를 학교에 보내지 않겠다는 통보를 해왔다고 한다. 그 얘기를 전하면서도 김 선생은 현석을 먼저 걱정했다.

현석은 학교에서도 말썽꾸러기로 소문난 학생이었다. 현석의 아버지가 재혼하고 할머니 손에서 자라던 현석이를 집으로 데려온 것은 코로나가 한창일 때였다. 집에는 갓난아기인 동생이 있었기 때문에 피시방과 동네 놀이터를 전전하며 하루를 보내는 게 현석의 일상이었다.

코로나가 끝나고 학교에 다니게 되자, 현석은 집에서 받지 못한 관심을 밖에서 충족하려는 듯 보였다. 말썽을 부리며 관심을 구걸했고, 화가 나도 참을 수 있다는 것을 배워보지 못한 사람처럼 걸핏하면 친구들과 싸웠다. 김 선생이 말했다. 현석이 예쁜 학생이 아니라도, 사람들을 향해 잔뜩 날을 세우고 있어도, 담임은 제 편이라는 걸 알려주고 싶었다고. 비록 돌려받지 못하는 마음이더라도 그에게 사랑받는 경험을 해주고 싶다고.

그런 마음을 현석이도 알았을까? 교무실에 찾아와 봐야 혼날 일밖에 없지만, 현석이는 쉬는 시간이면 담임에게 쪼르르 달려오곤 했다. 담임선생님 좀 귀찮게 하지 말라는 다른 선생들의 핀잔을 들으면서도. 아마도 현석에게 학교는 가정에서 받지 못한 것을 조금이라도 충족할 수 있는 최소한의 공간이었던 모양이다. 그리고 현석은 사건 이후 학교에 나오지 않았다.

나와 김 선생은 이후로도 며칠을 시달려야 했다. 김 선생은 현석이 아버지에게, 나는 은찬이 어머니에게. 하지만 양쪽 학부모는 절대 서로 만나려고 하지 않았다. 다만 서로 가해자가 되었다는 사실에 화가 난 나머지 두 아이의 담임교사에게 화를 쏟을 뿐이었다.

그 사이, 나는 고양이의 사료를 샀다. 먹이통 가득 사료를 붓고 물도 채웠다. 그러나 새로 산 사료를 딱 한 번 먹이통에 부은 이후, 더 이상의 사료를 주지 못했다. 그 이후로 사료통의 먹이가 하나도 줄지 않았기 때문이다. 먹이를 주지 못한 사이 다른 곳에서 먹이를 찾아 먹게 된 것이라고 짐작했지만, 어쩐지 찜찜한 마음을 지울 수 없었다.

양쪽 학부모의 전화가 조금씩 줄어갔다. 두 담임을 들볶아도 나아지지 않는다는 것을 깨달았을 테니까. 그리고 현석 아버지가 넣었던 민원으로 김 선생은 교육청에 서면 답변을 제출해야 했다. 답변서를 쓰면서 김 선생은 교사로서 할 수 있는 일이 도대체 무엇인지 모르겠다고 내내 중얼거렸다.

일주일 만에 학교폭력 전담 기구가 열렸다. 사건이 발생하면 교육청 주관의 학교폭력 대책 심의 위원회가 열리는데, 그곳에 넘길 수 있는 사안인지를 결정하는 사전 단계였다. 물론 전담 기구의 의결은 대부분 학부모의 의사에 따랐다. 학부모가 원하는데도 학교폭력 대책 심의 위원회에 넘기지 않고 그 민원을 고스란히 받을 각오가 되어 있는 학교는 없을 테니까. 담임들에게 화를 쏟아내던 양쪽 학부모는 학교폭력 전담 교사 앞에서는 온순한 토끼처럼 말이 없었다. 자기 아이가 진짜 가해자가 되고, 생활기록부에 기재될 수 있다는 사실이 그제야 실감이 났을 것이다. 며칠 동안 두 담임을 들볶은 것에 비해 너무 쉽게 학교장 재량으로 사안을 종결하겠다는 서류에 사인했다.

나는 이번 일과 관련된 전화를 더 이상 받지 않아도 된다는 사실에 안도하며 모처럼 편안한 마음으로 집으로 향했다. 낮부터 하늘이 거뭇거뭇하더니 퇴근할 즈음엔 눈이 내리고 있었다.

필로티 주차장에 차를 대고 집으로 들어가다 먹이통을 보았다. 여전히 수북이 쌓인 사료 위에는 하얀 눈이 덮여있었다. 기분이 이상했다. 며칠간 나를 괴롭히던 사건도 끝났으니, 기분이 좋아야 했다. 그런데 어둑한 하늘과 바람에 떠밀리듯 사선으로 내리는 눈과 깡마른 뒷산의 나무들이 마치 비극의 전조 같은 느낌이 들었다.

나는 사료통이 놓인 필로티 기둥의 뒤쪽을 향해 천천히 걸었다. 그리고 뒷산과 빌라 뒷벽이 맞붙은 공간에 시선을 멈추었다. 불룩한 무엇인가가 바닥에 떨어져 있었다. 버려진 옷가지 같기도 했고, 놀다가 떨어뜨린 인형 같기도 했다. 쌓인 눈을 살짝 걷어냈다. 고양이였다. 두 뼘도 되지 않는 크기의, 하얀 몸통에 갈색 얼룩이 있는. 살아있던 생명이었다고 짐작할 수 없을 정도로 너무 딱딱하게 굳은 고양이는 갈색 눈을 동그랗게 뜨고 산으로 올라가는 언덕을 향해 앞발을 뻗은 상태로 깡마른 몸을 한 채 굳어 있었다. 나는 알 수 있었다. 사료통의 먹이를 먹던 아이라는 것을. 순간 심장이 얼어붙는 것 같았다. 숨을 쉴 수 없었다.

아마도 내가 먹이통 채우는 것을 잊고 있던 사이, 먹이를 먹지 못해 헤맸을 것이다. 게다가 갑자기 추워진 날씨에 짧은 털가죽만으로는 여린 생명을 지킬 수도 없었을 것이다.

찬바람을 맞으면서 있는 힘껏 앞다리를 뻗었지만, 보금자리가 있었을 뒷산까지는 올라가 보지도 못한 채 얼어 죽고 만 것이다. 나 때문이었다. 내가 잊고 있었던 까닭이었다. 내가 조금만 더 애정을 가졌다면, 내가 조금만 더 관심을 기울였다면, 내 손에 작은 생명에 대한 책임이 있다는 것을 조금 더 일찍 깨달았다면 이렇게 차가운 땅바닥에 누운 채 눈을 맞으며 죽어있지는 않았을 것이다. 그 순간 갑자기 김 선생이 떠올랐다. 김 선생이라면 나처럼 고양이를 얼어 죽게 하지 않았을 것이다. 그게 고작 한 달이든, 일 년이든…….

집에서 타월과 꽃삽을 들고나왔다. 생은 책임질 수 없었지만, 죽음조차 내버려두고 싶지는 않았다. 고양이가 누워있던 자리보다 조금 더 위쪽으로 올라가서 평평한 땅의 흙을 파기 시작했다. 플라스틱 꽃삽은 꽁꽁 언 땅을 파기에 역부족이었다. 꽃삽으로 언 땅을 긁어내다시피 흙을 파내기 시작했다. 눈이 머리와 안경 위에 닿았다 녹기를 반복하는 동안에도 계속 흙을 파냈다. 그렇게 고양이가 들어갈 만큼의 구덩이를 팠다. 작은 생명 하나가 들어갈 작은 구덩이였다.

타월로 싼 고양이를 누이고 흙을 덮었다. 그리고 작게 속삭였다. 내게 어떤 생명을 다루는 책임이 있는 한, 주어진 사명의 가치를 잊어버리지 않겠다고. 잊고 있다가는 영원히 잃어버리는 법이니까. 눈여겨보지 않으면 아무도 모를 작은 봉분 앞에서 그렇게 다짐했다.

　방학식 날이 되었다. 일 년을 맡아 데리고 있던 아이들과 작별하는 날이기도 했다. 겨울방학 동안 지켜야 할 안전교육 매뉴얼을 읽어주고 있었다.

"존나 짱나네."

　은찬이였다. 역시 방학식 날에도 옆자리에 앉은 여학생과 다투고 있었다. 나는 넘어가지 않았다. 아이들을 모두 보내고 은찬이만 교실에 남겼다. 은찬이는 방학식이 끝나자마자 친구들과 축구하기로 했는데, 자신을 붙잡아두었다며, 나를 향해 투덜거렸다. 그런 은찬이를 타이르고 혼내기를 반복했다. 그리고 마지막에는 교실 청소까지 시키고 돌려보냈다. 아마도 은찬이는 집으로 가는 내내 내 욕을 할지도 모른다.

　하지만 잊지 않고 가르쳐야 한다. 잘못된 행동이라는 것을 가르치는 것, 그게 내가 할 일이니까. 그리고 마지막으로 교실을 돌아보는데, 예지의 자리가 눈에 들어왔다. 학년이 끝나는 날까지 예지는 여전히 외딴섬인 채였다. 내가 조금만 더 관심을 가졌다면 어땠을까? 조금은 덜 외로운 섬이 되지 않았을까? 후회와 아쉬움이 밀려왔다. 내년에는 예지의 마음을 향한 작은 다리 하나 놔 줄 수 있는 따뜻한 마음씨를 가진 담임을 만날 수 있기를 바라며 교실을 나왔다.

복도에서 현석이와 마주쳤다. 근 한 달 만에 학교에 나타난 것이었다. 현석이 나를 향해 꾸벅 인사를 했다. 그동안 무엇을 하고 지냈는지 알 수 없지만, 그의 눈빛이 많이 달라져 있었다. 마치 세상 풍파를 다 겪은 사람처럼 깊고 우울해 보였는데, 그것이 아이답지 않은 눈빛임은 분명했다. 말썽을 부리고 장난을 치는 게 현석에게 더 어울릴 것 같다고 생각하며 잘 지내라는 짧은 인사를 하고 헤어졌다. 뒤이어 나보다 조금 늦게 김 선생이 교무실로 돌아왔다.

"현석이 왔더라고요."

"네. 앞으로 학교 안 다닐 거라고, 그래도 제게 인사는 하고 싶어서 왔다고 하더라고요."

"그래도 고맙네요. 선생님이 마음을 많이 쓴 걸 아는 것 같아서."

"그런데 저 어떡하죠?"

"네?"

"현석이 없는 사이 제가 어떤 생각을 했는지 알아요? 골치 아픈 아버지의 전화를 받지 않아도 되고, 맨날 싸움박질하는 아이의 뒷수습을 하느라 동분서주하지 않아도 된다고 생각했어요. 제가 그런 생각을 하고 있다는 사실이 두려워요. 가르침이 있어야 할 자리에 잔뜩 움츠리고 방어하는 나만 남을 것 같아서. 그러는 사이 아이들이 진짜 배워야 할 것을 잊어갈 것만 같아서요."

　마음이 아팠다. 화수분처럼 끝없이 마음을 내어주던 김 선생이 고갈되어 가는 것 같았다. 김 선생마저 저렇게 말라버리면 결국 우리는 가장 중요한 것을 잃게 될 테니까. 나는 말없이 물조리개에 물을 담았다. 교무실 이곳저곳에 놓여있던 김 선생의 다육식물에 물을 주었다. 그리고 방학 동안 얼어 죽지 않게 햇빛이 잘 드는 곳에 옮겨 놓았다. 그녀와 같은 사람들의 노력을 잊고 있는 사이, 가장 중요한 것을 잃어버리지 않길 바라면서.

Nineteen's
Kitsch

Nineteen's Kitsch

·

난 생겨 먹은 대로 사는 애야, 뭘 더 바라.

That's my style.

우리만의 자유로운 nineteen's kitsch.

우리만의 자유로운 nineteen's kitsch.

수빈이 학원에 가지 않았다고 했다. 수빈은 그럴 아이가
아니었다. 학원 선생님이 잘못 안 것이겠지, 학교에서 늦게
나와 조금 늦은 것뿐이겠지. 수빈에게 물어보면 될 일이었
다. 수빈에게 전화를 걸었다. 통화연결음이 계속되도록 전화
를 받지 않았다. 통화연결음 노래가 귀에 거슬렸다. 무책임
하기 짝이 없는 가사. 십 대의 자유만큼 위험한 게 어디 있는
지……. 수빈이는 고작 이런 음악을 듣기 위해 뮤직 스트리
밍 이용권을 결재하고, 무선 이어폰을 몸의 일부처럼 귀에

꽂고 생활했던 것일까? 그리고 결국 노래 가사에 세뇌된 나머지 무모한 자유를 찾아 이런 일을 벌인 것일까?

오후 상담 예약이 취소되는 바람에 다른 날보다 일찍 퇴근했다. 어젯밤 학원을 마치고 돌아온 수빈이 식탁에 앉아 시큰둥한 표정으로 숟가락을 놓으며 김치찌개가 먹고 싶다고 말했던 게 떠올랐다. 김치찌개를 좋아하는 아빠를 닮아서인지, 수빈은 김치찌개만 있으면 반찬 투정을 하지 않았다.

냄비에 신김치와 돼지고기를 넣어 볶다가 육수를 부었다. 이제 김치가 익을 때까지 푹 끓여주기만 하면 된다. 김치찌개가 익는 사이 바지를 갈아입었다. 빨래 바구니에 넣으려는데, 바지 뒷주머니에 여러 겹 접힌 종이 뭉치가 나왔다. 종이를 펼쳐 보려고 했지만, 딱딱하게 뭉쳐져 펼쳐지지 않았다. 아마도 주머니에 종이를 넣은 채 빨래를 한 모양이다. 종이에 중요한 것이 기록되어 있지는 않았을까?

무엇인가를 메모하고 잘 접어 바지에 넣어둔 게 분명하다. 중요한 것들을 메모지에 쓰고 주머니에 넣어두는 경우가 종종 있었으니까. 하지만 종이에 메모를 적을 때의 상황이 기억나지 않았다. 물론 종이에 적힌 글자가 무엇인지도……. 그래서일까? 가끔 중요한 것을 잃어버린 것 같은 느낌이 들 때가 있다. 분명 내게 소중한 기억인데, 그래서 잊지 않겠노라고 다짐했던 중요한 무엇인가를 잊고 사는 것만 같았다.

학원 선생님으로부터 전화가 온 것은 그때였다.

– 수빈이가 오지 않았어요. 무슨 일이라도 있나요?

– 수빈이가요?

믿을 수 없었다. 수빈이가 말없이 학원을 빠진 적은 한 번도 없었으니까. 수빈이는 매일 백 개도 넘는 영어단어를 모두 외우게 하고, 수십 장의 방정식 문제를 숙제로 내도, 다음 날에는 어김없이 공전하는 지구처럼 학원 가방을 챙겨서 학원으로 향하는 아이였다. 그런 수빈이가 내게 허락조차 받지 않고 궤도를 이탈해 버린 것이다.

수빈이에게 전화를 걸었다. 애꿎은 통화연결음이 내 속을 긁어놓을 뿐이었다. 그 사이 가스레인지 위에 올려둔 김치찌개가 끓다 못해 냄비 바깥으로 탈출을 감행하고 있었다. 부랴부랴 불을 끄고 나자, 이번에는 돌연 두려움이 엄습하기 시작했다. 아무리 생각해도 수빈이에게 일탈이란 어울리지 않으니까. 짜증 섞인 투정을 뱉어내긴 했어도 제멋대로 군 적은 한 번도 없었다.

행여나 나쁜 일을 당하기라도 한 것은 아닐까? 세상에는 아무리 대비해도 막지 못하는 불행이 있다. 뉴스를 틀면 하루가 멀게 섬뜩한 기사들이 등장한다. 그 뉴스의 주인공이 내 딸이 아니라는 보장은 없다. 학원에 도착하지도 않았으니, 학교 앞에서 일이라도 당한 것은 아닐까? 아니면 학원버스를 타기 위해 기다리고 있다가 봉변이라도 당한 것일까? 걱정과 분노, 불안과 화가 엎치락뒤치락하며 내 속을 시커멓게 태웠다. 결국 외투를 챙겨입고 수빈이를 찾기 위해 밖으로 나갔다.

수빈이는 여전히 전화를 받지 않았다. 내가 보낸 문자메시지도 읽지 않은 상태에 머물러 있었다. 천천히 차를 몰며 학원이 즐비한 상가 건물들 사이를 지나갔다. 한 건물에 최소 서너 개의 학원이 있었고, 건물의 구멍마다 각각 교복을 입은 아이들이 들어갔다가 나오기를 반복했다.

나는 수빈이 또래의 아이들이 모여 있으면 차 문을 내리고 그들을 확인한 후, 수빈이가 아닌 것을 확인하면 다시 차를 출발하기를 반복했다. 그러는 사이 석양이 기세를 잃고, 그 자리에 어둠이 내리기 시작했다. 수빈이는 학원 가기 전에 꼭 편의점에 들러 젤리나 과자 따위의 군것질거리를 사곤 했는데, 수빈에게 맡긴 체크카드의 결제 문자조차 뜨지 않았다. 불안은 점점 몸체를 부풀려갔고, 나도 모르게 갈라진 입술을 물어뜯다가 비릿한 피 맛을 보고 말았다.

지은 지 얼마 되지 않아 아직 상가의 절반도 입주하지 않은 새 건물 앞을 지날 때였다. 수빈이와 같은 교복을 입은 남녀 아이들이 몰려있는 것이 보였다. 길가에 차를 세워 그들의 얼굴을 확인하기 위해 차 문을 열었다. 담배 연기가 저녁

바람에 실려 차 안으로 밀려들어 왔다. 불쾌함에 손으로 코를 가리고 아이들에게 시선을 고정했다. 담배를 다 피웠는지 슬리퍼로 담배를 비벼 끈 남학생이 잇새로 침을 뱉었다. 뭐가 그렇게 좋은지, 짧게 줄인 교복 치마를 입은 여학생이 남학생의 팔짱을 끼며 히죽거렸다. 수빈이가 저런 남자아이를 좋아하고, 그들과 어울릴 수도 있다는 가정만으로도 불쾌했다.

나는 이런 아이들을 너무도 잘 알고 있다. 어제 만난 여학생이 그랬다. 잦은 가출과 일탈 행동으로 징계받아 학교에서 상담 치료를 의뢰한 아이였다. 그 아이는 한시도 가만히 있질 못했다. 주위를 두리번거리거나, 테이블 위에 올려둔 물건들을 만지작거렸다. 딸깍딸깍, 맞출 의지도 없는 큐브를 이리저리 돌려대다가 진지한 얘기를 꺼내기라도 하면 재미없다는 표정으로 하품을 쩍쩍 해댔다. 그러다가 나쁜 행동에 대해 얘기를 꺼내면 모두 이혼한 부모님 탓으로 돌리는 부정적 방어기제로 똘똘 뭉친 아이였다.

나는 20년의 경력을 가진 노련한 상담사답게 중간중간 고개를 끄덕여주며 끝까지 아이의 말을 경청했다. 아이는 상담이 끝날 무렵엔 눈물까지 글썽이며 열심히 살아보겠노라고 다짐하고 돌아갔다. 하지만 나는 알 수 있다. 욕망을 참는 것에 익숙하지 않고, 절제보다 쾌락에 먼저 맛을 들인 그 아이가 바뀌기란 힘들다는 것을…….

청소년 상담을 주로 맡게 되면서 그동안 만났던 많은 청소년은 내 속에 자리하고 있는 깊은 불안감에 무게를 키워가는 데 일조했다. 잠깐의 일탈로 시작했다가 미혼모가 되어 버린 열일곱의 여학생이나 친구들과 어울리는 걸 좋아하다가 자기도 모르게 범죄에 연루된 남학생까지.

수빈이 그렇게 되지 않으리란 보장은 없다. 자칫 고개라도 돌리면 까마득한 낭떠러지로 떨어질 것 같은 위험과 불안 속에서 나는 수빈이를 안전하게 키울 의무가 있다. 내가 어머니의 완벽한 울타리 안에서 자랐던 것처럼, 누구도 넘을 수 없는 완벽한 울타리를 만들어 주어야 한다. 그것이야말로 부모로서 해야 할 마땅한 의무니까. 그런데 만약에 울타리의 빈틈을 비집고 불행의 싹이 수빈을 엄습한다면?

둑, 둑, 둑, 둑…….

갑자기 심장이 빨리 뛰기 시작했다. 운전대를 놓고 가슴을 쥐며 흡후, 흡후, 흡후, 숨을 내쉬었다. 다행히 얼마 지나지 않아 심장이 안정을 찾아가기 시작했다. 몇 번만 이렇게 숨을 내쉬면 곧 다시 제자리로 돌아올 것이라고 스스로 안심시켰다. 내 인생이 그랬고, 수빈의 인생이 그렇듯.

수빈의 스케줄을 꿰고, 수빈이 최대한 위험에 노출되지 않는 환경을 만들어 주기 위해 노력했다. 친구들을 가려 사귀게 하고, 그들의 부모와도 교류했다. 한 달 전만 해도 그랬다. 수빈이 불량한 친구와 가깝게 지낸다는 것을 다른 학부모로부터 전해 들었다. 편부 가정에서 자란 그 아이는 공부는 진즉에 포기한 듯 남들 다 다니는 학원조차 다니지 않고, 결석을 밥 먹듯이 한다고 했다. 그래서 학원 시간을 당겼다. 학교를 마치자마자 학원에 갈 수 있도록, 그 아이와 밖에서 만나지 않도록.

학원이 즐비한 거리를 몇 번이나 돌았는지 모른다. 그사이 노란 학원버스는 아이들을 삼켰다가 또 뱉어내기를 반복하고 있었다. 여전히 수빈은 전화를 받지 않았다. 문득 수빈이 집에 왔을 수도 있다는 생각이 들었다. 아파트 주차장에 차를 대놓고 현관에 서서 6층 우리 집 수빈의 방 창문을 올려다보았다. 불은 켜져 있지 않았다. 그때였다. 수빈의 창문 옆 아파트 외벽에 희미하게 갈라진 금이 눈에 들어왔다. 옆쪽 벽에서부터 갈라진 금은 수빈의 창문 바로 옆까지 이어져 있었다. 갈라진 틈을 놓치지 않고, 그 사이로 자리 잡은 정체 모를 이끼들이 세력을 넓히듯 퍼져가는 게 보였다. 마치 불행의 그늘이 야금야금 벽을 기어올라 수빈을 잡아먹기 위해 손을 뻗은 것만 같았다. 음침한 기분에 소름이 돋았다.

그 순간 둑둑둑둑둑둑, 또다시 심장이 제 리듬을 잊고 미친 듯 달리기 시작했다. 호흡은 가빠오고, 온몸에 힘이 빠지며 현기증이 일었다. 나는 자리에 주저앉아 가슴을 움켜쥔 채 깊은숨을 내쉬기 시작했다. 흡후, 흡후, 흡후. 그렇게 10여 분이 지났을까? 심장은 다시 언제 그랬냐는 듯 얌전해졌다.

석 달 전, 발작성 빈맥이라는 진단을 받았다. 이유도 시기도 예측할 수 없이 무작위적으로 나타나는 심장의 두근거림이 시작된 건 수빈이 중학교에 입학한 지 얼마 되지 않을 때였다. 그때 나는 경찰서에서 의뢰한 여학생의 상담을 하고 있었다. 수빈과 동갑인 그 여학생은 온라인 채팅으로 한 성인 남자를 만났다. 가정사로 고민하던 여학생은 자연스레 그 남자에게 의지하기 시작했고, 오프라인에서 두 번째 만난 날 성폭행을 당했다. 여학생은 수빈처럼 동그란 눈매를 하고 있었는데, 동그란 눈에서 눈물을 쏟아내는 모습이 놀라울 정도로 수빈과 닮아 있었다. 그리고 그렇게 생각한 순간 갑자기 심장이 빠르게 뛰기 시작한 것이었다. 심장이 내게 전하는 경고음처럼.

나는 진정된 심장을 부여잡고 집으로 올라갔다. 수빈이 들어온 흔적은 없었다. 어둠이 완전히 내려앉은 거실은 깜깜해져 있었다. 거실 등을 켜놓고 남편에게 연락해 볼지 잠시 생각하다가 그만두었다. 이런 일을 의논하기 위해 전화했다간 상담사라는 사람이 고작 딸아이의 마음도 눈치채지 못했냐는 소리나 들을 것 같았다.

남편은 대학원 교수님의 소개로 만났다. 그는 부유한 가정의 막내아들이었으며, 완벽하게 잘 닦인 인생을 살아온 사람이었다.

"전문가니까 아이를 잘 키울 수 있을 것 같아 소개해달라고 했어요."

처음 만난 날 남편이 내게 했던 말이다. 내가 요즘 텔레비전에 자주 나오는 유명한 박사라도 된다고 생각했을까? 아이를 잘 키우는 것은 본인과는 무관한 내 능력이라고 생각하는 것일까? 그 말이 좀 거슬리긴 했지만, 남편의 적극적인 구애에 그 말은 곧 잊혔다. 하지만 수빈을 키우면서 그 말이 자주 생각났다. 아이가 잘못되기라도 한다면 내 잘못이 될 것만 같았다. 나는 전문가답게 딸아이의 마음을 완벽히 들여다봐야 하고, 그러면서도 가장 안전하고 완벽하게 잘 닦여진 길만을 향해 걸어가도록, 행여나 잘못된 길로 향하지 않도록 잘 이끌어야 한다.

나는 저녁의 찬기를 막을 수 있는 약간 두꺼운 외투를 걸치고 밖으로 나왔다. 놀이터라도 돌아다녀 봐야 할 것 같았다. 불량한 청소년 무리가 간혹 놀이터에 진을 치며 밤늦게까지 몰려있는 것을 본 적이 있었기 때문이다. 다행히 태권도 도복을 입거나, 피아노학원 가방을 든 채 잰걸음으로 지나가는 아이들만 간간이 보였다. 나는 아파트 사이로 이어진 작은 산책로를 지나 옆 단지로 들어갔다. 우리 아파트와는 전혀 다른 허름한 조경, 길가에 아무렇게나 세워둔 자동차들, 어두워진 시간에도 놀이터에서 놀고 있는 어린아이들. 분위기만으로도 임대아파트임을 알 수 있었다.

아파트에 입주한 지 반년가량 되었을 때다. 우리 아파트 옆 부지에 영구임대아파트가 들어올 예정이라는 사실을 알게 되었다. 그때 수빈이를 임신하고 있었는데, 아파트 입주자대표회의에서 반대하는 항의서한을 보내자며 한바탕 소동이 일었다. 임대아파트가 옆에 있으면 불량청소년이 늘고, 아파트값이 떨어진다는 것이다. 나는 항의서에 차마 동의 사인을 할 수 없었다. 항의서한을 보낸다고 해서 달라질 것도 없겠지만, 실은 배 속의 수빈에게 미안했기 때문이었다. 이기적인 속내를 거리낌 없이 드러내는 그런 부류의 사람은 되고 싶지 않았으니까.

하지만 수빈을 키우며 안전하지 않은 주거지에 산다는 사실이 불안해지기 시작했다. 행여나 방과 후에 갈 곳이 없어 아파트 놀이터를 전전하다가 부모가 비운 집에 모여 담배를 나눠 피는 그런 아이들과 어울리지는 않을까? 그리고 오늘 그 장면을 목격하게 되는 것은 아닐까? 간혹 수빈은 하교가 늦어져 학원버스를 놓칠 때면 학원에 가기 위해 이 아파트를 가로지르는 산책로를 이용하곤 했다. 대로변을 따라 걷는 것보다 훨씬 빠르기 때문이다.

나는 수빈의 동선을 생각하며 산책로를 걸었다. 사위는 이제 완전히 깜깜해져서 지나가는 사람의 얼굴을 분간하기 힘들어졌다. 산책로를 밝히는 등이 있긴 했지만, 서너 개 중 하나가 꺼져 있어서 어둠을 이겨낼 만큼 밝지는 않았다. 그때였다. 끼익, 끼익, 녹슨 쇠가 부딪히는 소리가 들렸다. 불량한 아이들이 어울려 담배라도 피우고 있는 것일까? 행여나 그런 아이들이 수빈을 붙잡아두고 있는 것은 아닐까? 덜컥 겁이 났다.

소리가 나는 곳으로 고개를 돌리자, 어둠 속에 숨은 놀이터가 보였다. 그네 두 개에 미끄럼틀이 전부인 작은 놀이터였다. 가까이 다가가는데 툭, 축구공 하나가 내 발밑에 떨어졌다. 내가 공을 줍자, 소리가 들렸다.

"그거 저희 공이에요."

어둠 속에서 아이의 형체보다 짙은 땀 냄새가 먼저 다가왔다. 초등학교 5, 6학년쯤 되어 보이는 남자아이였다. 내가 공을 건네자 꾸벅 인사를 하며 바삐 되돌아갔다. 나는 아이의 뒤를 따라갔다. 남자아이 두 명이 공을 주고받고 있었다. 그리고 여자아이 한 명이 양쪽 줄 높이가 맞지 않아 기우뚱한 그네 위에 앉아 그들을 지켜보고 있었다.

"뭐 하니?"

"드리블 연습이요. 내일 방과 후에 축구 시합이 있거든요. 반 대결이에요. 둘이 우리 반 에이스거든요. 잘하죠?"

"그런 것 때문에 이 시간까지? 어두워서 공도 안 보이겠는데? 그만 들어가야지."

"안 돼요. 우리한텐 얼마나 중요한데요. 자존심이 걸린 문제라고요."

"그럼 넌 선수도 아닌 것 같은데, 여기서 뭐 하니?"

"저는 매니저이자 응원단장이요. 제가 없음 힘이 안 난대요. 그래서 같이 있어야 해요."

"저녁 시간이 지났는데 밥은 먹었니?"

"여기요."

여자아이가 바닥에 떨어져 있던 과자봉지를 주워 내게 흔들며 웃었다.

그때였다. 과자봉지가 있던 바로 옆 모랫바닥에 처박힌 영어학원 가방이 보였다. 내 시선이 가방에 꽂힌 걸 눈치챈 여자아이가 말했다.

"학원 땡땡이쳤어요. 학원보다 내일 축구 시합이 더 중요하니까."

나에게 당연한 정답이 아이에게는 당연한 오답인 모양이다. 축구 시합 준비를 응원하는 것이 어떻게 학원보다 우위에 있을 수 있는지. 아이가 늦저녁에 과자 따위를 집어 먹으며 학원도 빼먹고 놀이터에서 시간을 보낸다는 것을 부모는 용납할 수 있을까? 나는 일찍 집에 들어가라는 말만 남긴 채 다시 걸음을 재촉했다.

상담하며 많은 아이를 만났고, 그들의 고민을 들었다. 때때로 아니 빈번하게 그들의 고민이 이해되지 않을 때가 많았다. 그런 일들에 시간을 보내는 것이 얼마나 어리석은 낭비인지, 그것보다 더 중요한 것이 얼마나 많은지 답을 가르쳐주고 싶었다. 그래서 지난한 방황과 고민의 과정을 수빈이에게 만큼은 겪지 않게 하고 싶었다. 가능한 한 안전한 지름길로 가장 쉽게 도달할 수 있도록 도와주고 싶었다. 주머니 속에서 핸드폰이 울렸다.

– 뭐하냐? 오늘 보약 도착할 거야. 집중력이 좋아지는 약으로 강남의 유명한 한의원에서 지은 거야. 수빈이 잘 먹여.

– 엄마, 수빈이가 학원에 안 갔대. 연락도 안 되고.

– 학원을 마음대로 안 갔다고? 나중에 들어오면 다시는 그런 일이 없도록 단단히 혼을 내. 내년에 과학고 진학하려면 지금 공부로는 어림도 없어.

– 수빈이 마음을 도무지 모르겠어. 그래서 힘들어.

– 뭔 소리야? 무슨 마음인지가 중요해? 수빈이 딴생각 못하게 네가 잘 통제했어야지. 애들은 틈을 주면 안 돼. 알았어? 바빠서 끊는다.

엄마는 늘 먼저 전화를 끊었다. 언젠가 왜 자꾸 먼저 전화를 끊느냐고 물은 적이 있었다. 그러자 엄마는 굳이 필요 없는 고민으로 시간 끌 게 뭐 있느냐고 했다. 문제를 풀 시간도 주지 않고 정답지를 내미는 것 같았다. 분명 정답이 눈앞에 있는데 왜 답을 찾지 못하는 느낌이 드는 걸까, 왜 가슴이 답답해지는 걸까? 제 속도를 찾아가던 심장이 다시 뛰기 시작했다.

둑둑둑둑둑.

심장이 밖으로 뛰쳐나올 것만 같다. 숨은 가쁘고 눈앞이 아찔하다. 일상을 벗어난 사건이 심장에 더 무리가 되었던 모양이다. 나는 다시 벤치에 앉아 숨을 골랐다. 그때였다. 벤치 맞은편 아파트 상가에 처음 본 낯선 상점이 보였다.

에코아쿠아.

짙은 초록색의 실내조명이 오묘한 분위기를 풍기는 정체를 알 수 없는 곳이었다. 심장이 조금 진정되자 이끌리듯 그곳으로 향했다.

"어서 오세요."

주인의 소리는 들렸지만, 얼굴은 보이지 않았다. 실내는 사람 한두 명이 겨우 지나갈 법한 긴 통로 형태로 되어 있었고, 좌우에 수족관이 늘어서 있었다. 그리고 그 수족관들을 들여다본 순간 심장에 전율이 일었다. 좀전의 그런 두근거림이 아니었다. 흥분과 비슷한 감정이었다.

수족관에는 완벽하게 창조된 작은 밀림이 있었다. 나는 홀린 듯 멈춰서서 바라보았다. 절벽을 연상케 하는 울퉁불퉁한 바위, 그 틈을 비집고 굽이 자라난 나무, 그리고 형형색색의 이끼들. 졸졸 흐르는 계곡물에 안개까지 자욱하게 끼어 있었고, 물에는 노란 비늘이 예쁜 물고기 한 마리가 여유롭게 헤엄치고 있었다.

"팔루다리움이라는 거예요. 작은 자연이죠. 생명체가 살아 숨 쉬는."

어느새 다가온 주인이 말했다.

"팔루다리움이라, 예쁘네요."

"예쁘기만 한가요? 신비스럽기까지 하죠. 이 작은 유리 수족관 안에 자연이 있어요."

"완벽하게 창조된 공간이군요. 아름다워요."

"내 손으로 자연을 만드는 거죠. 물론 쉽지 않아요. 적절한 공기, 습도, 조도, 온도까지 모든 것이 완벽해야만 하거든요. 마치 제가 조물주라도 된 것 같은 느낌이 들어요."

"조물주라……. 매력적이네요. 외부의 오염과 완벽히 단절된 최적의 공간이잖아요. 어? 노란 버섯도 있네요. 너무 잘 어울려요."

"그건 자연적으로 생긴 거예요."

"심지 않았는데요?"

"네. 아무리 조물주라고 해도 세계를 완벽하게 창조하는 것이 불가능하듯, 이미 만들어진 세상 속 자연은 저들의 것이더라고요. 내가 원하는 방향으로 살아가진 않아요. 예컨대 어떤 이끼는 식재를 하자마자 죽어버리고, 또 어떤 놈들은 웃자라서 원하지도 않는 모양을 만들어 버려요. 잘 살고 있던 물고기가 난데없이 죽어버리기도 하고, 이것처럼 어디서 왔는지 알 수 없는 버섯이 자라기도 하고요.

나는 자연을 조성할 뿐 나머지는 이 자연의 몫이죠. 원하지 않는 방향으로 자라기도 하는 것, 그래서 더욱 아름다운 것 같아요. 만약 내가 원하는 모양대로 영원히 존재하기만 한다면 의미가 없잖아요. 잘 그린 풍경화 한 장과 무슨 차이가 있겠어요?"

그때였다. 주머니에서 핸드폰 알림음이 울렸다. 서둘러 주머니 속 핸드폰을 꺼냈다. 찾아 헤매던 수빈이었다.

– 엄마, 미안해요. 오늘 진짜 중요한 일이 있어서 학원을 못 갔어요.

문자를 읽자마자 전화를 걸었지만 받지 않았다. 수빈이 문자를 주었다는 것만으로 안심이 되긴 했지만, 걱정하던 마음은 어느새 화로 변해있었다. 허락도 받지 않고 제멋대로 결정해 버리다니, 엄마에게 허락을 구하는 것보다 수빈에게 더 중요한 일은 과연 무엇이었을까? 설마 놀이터에서 보았던 여자아이처럼 고작 그런 이유라면, 나는 어떻게 받아들여야 하는 걸까? 화난 마음을 감추고 주인에게 인사하며 가게를 나올 때였다.

"우연히 방문했는데, 좋은 구경을 했네요. 감사합니다."

"오늘 방문해 주셔서 감사드립니다. 무엇인가를 키운다는 게 그런 것 같아요. 키우고 가꾸는 게 내 일이지만, 어떤 모양으로 어떤 방향으로 자랄 것인지 뜻대로만은 되지 않더라고요."

주인의 인사를 뒤로한 채 가게를 나왔다. 수빈의 연락이 있었으니, 집에 돌아가서 기다리는 것 말고는 할 수 있는 게 없었다. 집으로 돌아가는 길은 오는 길과 반대로 대로변을 걸어보기로 했다. 몇 개의 상가를 지나쳐 갈 즈음, 어디선가 익숙한 음악 소리가 들렸다. 이끌리듯 소리가 나는 곳을 향해 걸었다. 잠시 후 길 건너 공원 앞 작은 공터가 보였고, 여자아이들 몇 명이 춤을 추고 있었다. 익숙한 음악 소리는 바로 수빈의 핸드폰 통화연결음이었다.

– 우리만의 자유로운 nineteen's kitsch.

– 우리만의 자유로운 nineteen's kitsch.

분명 마음에 들지 않았는데, 나도 모르게 흥얼거리고 있었다. 아이들은 발동작이 잘되지 않는 듯 몇 번이고 음악을 재생하며 스텝을 맞추고 있었다. 그 모습을 홀린 듯 쳐다보다가 문득 어떤 기억을 떠올렸다. 까마득하게 잊고 있던, 한때 내 인생에 너무나 중요해서 절대 잊지 않겠다고 다짐했던 기억을…….

내겐 두 친구가 있었다. 키는 멀대같이 크고 남학생 못지 않게 축구를 잘하는 은주와 수학 문제를 푸는 취미를 가진 혜지였다. 서로 비슷한 점이라곤 없는 우리에겐 공통점이 하나 있었다. 당시 인기 있던 3인조 그룹을 좋아한다는 점이었다. 그래서 혜지가 아이디어를 냈다. 서혜지와 아이들이라는 말도 안 되는 그룹명을 만든 것이다.

우리는 수업을 마치면 동네 인근 공터에 모였다. 과자를 먹고 수다를 떨며 놀다가도 내가 시디플레이어의 음악을 재생시키는 순간, 곧 세상 진지한 눈빛으로 춤을 추기 시작했다. 처음에는 어깨춤을 들썩이는 것에서 시작했지만, 이왕 하는 것 제대로 해보자고 은주가 먼저 제안했다. 우선 혜지가 토요일 저녁 음악프로에 나오는 그룹의 영상을 비디오테이프에 녹화했다. 그러면 우리는 혜지네 집에 모여 비디오테이프가 늘어날 때까지 몇 번이고 영상을 돌려보았다. 그렇게 안무를 외우고 나면 공터로 향했다. 각자 외운 안무를 맞춰보기 위해서였다.

지금 생각해 보면 부끄러울 정도의 춤솜씨였지만, 수십 번의 연습을 거쳐 노래 한 곡의 춤을 다 추고 나면 온몸에 전율이 이는 것 같았다. 특히 회오리춤을 연습할 때는 팔과 다리가 따로 놀아 한참이나 애를 먹었다. 우리는 장기 자랑에 나가기로 했다. 용돈을 모아 통이 넓은 형광색 바지를 사고, 눈을 모두 가릴 듯한 커다란 모자도 장만했다. 땅까지 내려오는 긴 허리띠는 필수였다.

하지만 끝내 장기 자랑에는 나가지 못했다. IMF로 인한 부모님의 사업 실패로 혜지가 갑자기 시골에 있는 할머니 댁으로 보내졌기 때문이다. 그리고 나와 은주 둘만 남았는데, 엄마는 유독 은주를 싫어했다. 공부를 못했고, 그래서 인문계 고등학교에 진학하지 않았다는 이유였다. 얼마 후 졸업하자마자 나도 이사를 하게 되었다. 순전히 나를 위해 학군이 좋은 곳으로 이사한 것이었다.

2월의 마지막 날, 은주와 나는 늘 모였던 공터에서 만났다. 그런데 건물이 들어설 모양인지 펜스가 설치되어 있었다. 공터에 들어가지 못해 서성거리며 펜스 주위를 뺑 돌아 걷는데, 펜스와 펜스 사이에 틈이 보였다. 우리는 그 사이로 들어갔다. 아직 공사가 시작되지 않았는지, 공터의 모습 그대로였다.

내가 시디플레이어에 음악을 재생시켰다. 센터를 차지하던 혜지가 없었지만, 우리는 늘 그렇듯 혜지와 함께하는 것처럼 춤을 추었다. 그리고 노래 한 곡이 막 끝날 무렵이었다. 눈이 내리기 시작했다. 은주가 하늘을 올려다보며 말했다. 오늘을 꼭 잊지 말자고, 기억 속에 메모해 두라고 눈까지 오는 거라고. 우리는 시뻘겋게 충혈된 눈으로 마주 보며 시디플레이어 속 노래를 함께 따라 불렀다. 머지않아 공터에는 건물이 들어서고, 함께 춤을 추던 장소는 영원히 기억 속에만 존재하겠지만, 이 순간을 잊지 말자고 약속했다.

그때 내겐 친구들과 함께한 시간이 전부였는데, 까맣게 잊고 산 것이다. 어떻게 그렇게 중요한 추억을 잊어버리고 살았는지……. 이 순간에도 꼭 기억해야 하는 어떤 것을 잊고 있는 것은 아닌지 문득 두려워졌다.

춤을 추는 아이들에게서 시선을 돌려 집으로 향하려는 찰나였다. 공터 옆 벤치에 앉은 낯익은 뒷모습이 보였다. 분명 수빈이었다. 반가운 마음에 다가가다가 나도 모르게 멈춰 섰다. 그리고 수빈이 눈치채지 못할 정도의 거리에 서서 바라보았다. 옆에는 그 친구가 함께 있었다.

얼마 전 학부모 상담을 위해 수빈의 담임선생님을 찾아갔다. 수빈의 책상에 스티커사진이 붙어 있었다. 스티커사진 속에서 수빈은 한 친구와 다정하게 얼굴을 맞댄 채 환하게 웃고 있었다. 내 시선을 의식한 담임선생님이 말했다.

"그 친구 이름은 보미예요. 둘 다 그림 그리는 것을 좋아해서 그런지 금세 친해지더라고요."

그 모습이 나는 마음에 들지 않았다. 다른 학부모를 통해 보미라는 친구가 바로 옆 임대아파트에 살고 있다는 것을 알고 있었으니까.

"선생님, 수빈이는 과학고에 보낼 예정입니다. 초등학교 때부터 줄곧 우주과학자를 꿈꿨거든요."

"우주과학자가 수빈의 꿈이라……. 처음 알았네요."

"그래서 부탁드립니다. 수빈이가 공부에만 매진할 수 있으면 좋겠어요. 이왕이면 비슷한 부류의 친구와 사귀며 서로에게 도움이 되었으면 해요."

담임선생님은 무엇인가 하고 싶은 말이 있는 듯 보였지만 그뿐이었다. 나는 에둘러 말한 내 말의 의미를 선생님이 잘 받아들였기를 바라며 집으로 돌아왔다.

보미, 아마도 수빈의 옆에 앉은 친구는 보미일 것이다. 스티커사진 속 모습처럼 단발머리를 하고 있었다. 둘은 머리를 맞대고 무언가를 쳐다보며 얘기하고 있었다. 당장 수빈의 손을 잡아끌고 집에 데려가 혼을 내야 한다. 그런데 화가 나야 할 가슴 속이 오히려 차분해지는 것 같았다. 수빈이 도대체 무슨 얘기를 하고 있었는지 궁금해졌다. 천천히 다가가 낮은 목소리로 불렀다.

"수빈아."

화들짝 놀란 수빈이 무언가를 떨어뜨렸다. 그것은 지난 생일에 아빠가 선물한 태블릿이었다.

"그거 좀 봐도 될까?"

보미가 태블릿을 주워 말없이 내게 넘겼다. 태블릿에는 절반쯤 완성된 만화가 그려져 있었다. 내 시선이 자연스레 태블릿 화면에 향했다. 온통 핑크색으로 도배된 만화였는데, 로맨스 장르인지 교복을 입은 남녀 주인공이 발갛게 상기된 얼굴로 상대를 바라보는 장면이었다. 마치 사랑에라도 빠진 듯 얼빠진 모습으로.

"누가 그린 거야?"

"제가요."

"제가요."

놀랍게도 수빈과 보미, 둘 다 동시에 같은 말을 했다.

"실은 같이 그렸어요."

수빈의 목소리가 풀피리에서 새어 나오는 바람처럼 떨리고 있었다.

"이 만화를?"

"네."

이번엔 보미가 대답했다.

"저희가 함께 그린 그림으로 웹툰 공모전에 참가하려고 했어요. 그런데 시간은 촉박하고 만날 수 있는 시간이 없어서 제가 수빈이에게 하루만 학원 빠지라고 했어요."

"아니야, 엄마. 내가 안 갔어, 학원."

나를 쳐다보는 수빈의 눈빛은 금방이라도 터질 듯한 풍선을 쥔 것처럼 잔뜩 긴장해 있었다. 그 긴장이 너무나 또렷이 보였던 까닭인지 나의 대답은 오히려 평온했다.

"그래, 알았어. 얘기는 끝났어?"

내 말속의 감정을 느낀 것인지, 수빈이 안도의 숨을 내쉬며 고개를 끄덕였다.

"그럼, 집에 가도 될까? 네가 좋아하는 김치찌개도 끓여놨는데."

수빈이 자리에서 벌떡 일어났다.

"그리고 보미야."

수빈과 보미가 눈을 동그랗게 뜨고 나를 쳐다봤다.

"다음번엔 우리 집에서 그리는 게 어때? 밖은 금방 어두워지니까 말이야."

보미와 수빈의 얼굴에는 어둠도 이길 만큼 예쁜 웃음이 나란히 그려졌다. 수빈이 슬그머니 내 팔짱을 끼며 말했다.

"이제 가요, 엄마."

수빈과 함께 산책로를 걸어 집으로 향했다.

"그림을 그리는 게 좋아? 선생님이 그러시더라, 네가 그림 그리는 걸 좋아한다고. 난 전혀 몰랐는데."

"미안해, 엄마. 학원 빠진 거. 근데 좋아, 그림 그리면 행복해."

그림이라는 얘기에 수빈의 목소리가 상기되었다.

"집에 가면 구경 좀 시켜 줄래?"

수빈이 고개를 끄덕이며 물었다.

"그런데 엄마, 엄마는 왜 상담사가 되었어? 분명 좋아서 선택한 거겠지?"

수빈에게 해줄 대답이 선뜻 나오지 않았다. 나는 무엇이 좋아서 이 직업을 선택했던 것일까? 예전에 엄마는 내가 선생님이 되기를 바랐다. 여자의 직업으로 선생님만큼 좋은 건 없을 거라고, 결혼해서 애를 잘 키우기에 안성맞춤이라고.

원서를 쓰기 직전, 나는 내 맘대로 희망하는 학과를 바꿔버렸다. 그때 난 고등학교에 올라가 입시만을 위해서 학교와 학원을 반복하는 일상에 지쳐있었다. 친구라도 곁에 있어서 함께 수다라도 떨 수 있다면 위로받을 수 있을 것 같았다. 답답한 마음에 엄마에게 하소연했다. 너무 힘들다고, 힘들어 죽겠다고. 그러자 다른 것은 신경 쓸 필요도 없고 공부만 하면 되는데 그게 뭐 어렵냐고 되레 화를 냈다. 그랬다. 그래서 바꿔버렸다. 나는 내 딸에게, 그리고 힘들어하는 아이들의 얘기에 귀를 기울이고 그들의 마음을 어루만지는 사람이 되고 싶다고.

"글쎄, 잘 기억나지는 않지만 하나는 알겠네. 내가 상담사가 되기로 한 이유를 잊고 살았다는 걸 말이야."

수빈의 손을 마주 잡았다. 내 마음이 솜이불을 덮어쓴 것처럼 보드랍고 따뜻해졌다.

"우리 집에 예쁜 수조를 하나 만들어볼까 봐."

"수조를?"

"그래, 수조 안에 밀림을 만드는 거야. 이왕이면 너 닮은 예쁜 물고기도 한 마리 키우는 거지. 그리고 보미도 불러서 보여주자. 어때?"

수빈이 나를 향해 미소를 지었다. 내가 보고 싶었던 그런 미소였다.

– 우리만의 자유로운 nineteen's kitsch.

– 우리만의 자유로운 nineteen's kitsch.

공터에서는 여전히 노래가 들려오고 있었다.

–〈작가연대〉 발표(2023)

소행성의
기원

소행성의 기원

차창 밖으로 휴게소 200m라는 표지판이 보이기 시작했다. 복잡해 보이는 세 군데의 휴게소를 이미 지나친 후였다. 철중이 속도를 줄이며 힐끗 뒤를 돌아봤다.

"형님, 여긴 어때요?"

"응, 뭐. 그럭저럭."

철중은 내 대답을 기다리며 머뭇거리다 뒤늦게 차선을 바꾸려고 핸들을 틀었다. 양보하지 않는 뒤차의 경적에 흠칫 놀란 철중이 핸들을 다시 급하게 꺾었다. 결국 깜빡이를 켠 채 어정쩡하게 속도를 줄이고 휴게소 진입로 앞에 서고 말았다. 다행히 양보해 주는 차 덕분에 휴게소로 진입했다. 철중은 그런 아이였다. 낫낫한 구석도 없으면서, 내 눈치나 살피는……

휴게소 식당은 사람들로 붐볐다. 나는 식당으로 들어가려던 마음을 바꾸었다.

"야, 저렇게 사람이 많은데 어떻게 들어가? 네가 적당히 먹을 것 사 와. 나는 화장실만 들렀다가 차에 있을게. 여기 가습기 채울 물도 잊지 말고."

철중이 중얼거리다가 내가 뭐라고 했냐고 다시 묻자, 아니라며 머리를 흔들었다. 철중의 깜냥으로는 대놓고 따져 묻지도 못한다. 이렇게 구시렁거리는 게 전부일 뿐.

나는 앞이 보이지 않을 만큼 모자를 잔뜩 눌러쓴 채 차 밖으로 나왔다. 그 글이 올라온 이후부터 사람들의 시선이 불편했다. 나를 향해 수군거리는 것만 같았다. 그 글은 '어릴 적 소아마비를 앓아서 한쪽 다리를 절며 걷는 그는'으로 시작되었다. 독자에게 연민과 분노를 충분히 느끼게 할 만한 그럴듯한 소설의 첫머리였다.

하지만 아무리 기억을 더듬어봐도 글쓴이가 기억나지 않았다. 내가 야구부인 까닭에 수업을 많이 빠진 탓도 있었지만, 그에 대해 그렇게 자세히 기억하는 사람을 모를 리가 없었다. 딱히 누구라고 집어낼 수는 없지만 미심쩍은 사람은 있었다. 그것은 글 속에서 가리키는, 그러니까 다리를 조금 저는 한태훈 본인이다. 그는 불편한 몸 때문인지 답답할 정도로 소심하고 말수가 적었다. 나는 그런 그와 유일하게 가까이 지내는 친구였다. 내 곁이 아니라면, 아무도 그가 있다는 사실조차 인지하지 못할 정도로 존재감이 없는 친구이기도 했다. 그를 기억하는 친구들조차 많지 않을 텐데, 본인이 아니라면 우리들의 일을 그렇게 자세히 알고 있는 사람이 또 있을까?

화장실을 향해 발을 내딛는데, 발바닥에 이물감이 느껴졌다. 돌멩이가 들어갔을까? 걸음을 걸을 때마다 작은 돌멩이 하나가 발바닥 여기저기 옮겨 다니며 걸리적거렸다. 변기에 앉아 신발을 벗고 거꾸로 뒤집어 털었으나 아무것도 나오지 않았다. 별수 없이 다시 신발을 신고 화장실을 나왔다. 사람들이 흘깃거리는 것 같아 모자를 한 번 더 깊이 눌러 얼굴을 가린 뒤 걸음을 재촉했다.

겨우 열댓 걸음 걸었을까? 다시 발바닥에 이물감이 느껴졌다. 분명 대수롭지 않은 것인데, 사람을 불쾌하게 만들었다. 차에 올라타자마자 다시 신발을 벗어 털어 보았다. 마찬가지로 아무것도 나오지 않았다. 그냥 조금 그러다가 말겠지, 나는 신경 쓰지 않으려고 했다.

철중은 아직 돌아오지 않았다. 차 안에서 바깥 풍경을 응시했다. 화장실 입구 오른쪽에 트로트 믹스 테이프를 파는 노점이 눈에 들어왔다. 노점의 음악 소리는 닫힌 유리 창문을 비집고 들어올 정도로 컸다. 나도 한때는 저런 것을 녹음

한 적이 있었다. 물론 돈도 제대로 받지 못했지만. 젊은 여자
가 입에 오징어 다리를 물고 가판대 옆을 걸어가고 있었다.
순간 입에 침이 고이기 시작했다. 오동통한 반건조 오징어를
맥반석에 눌러 구운 것은 내가 제일 좋아하는 간식이다. 철
중이가 눈치가 있다면 사 오지 않을까? 그때 차 문이 열렸다.
철중이였다. 철중이 손에는 충무김밥과 생수가 들려 있었다.

"널 알고 지낸 지 칠 년인데, 내 취향을 그렇게 모르냐?"

"말해야 알죠."

"모르면 먼저 물어보든가 해야지. 하여튼 센스라곤 찾아볼
수가 없어."

철중이 툭 튀어나온 눈을 위아래로 굴리며 입을 삐죽거리
다 이마에 흐른 땀을 소매로 닦았다. 철중이가 흘린 땀이 회
색 티셔츠 목덜미를 진하게 물들이고 있었다. 그가 내게 김
밥을 맡겨놓고 다시 밖으로 뛰어갔다. 얼마나 더 기다렸을
까? 트로트 메들리 여섯 곡은 족히 들었다고 생각될 즈음이
었다. 휴게소 메뉴를 모두 다 털어온 것인지 온갖 간식들이
그의 손에 들려 있었다. 알감자, 핫도그, 호두과자 그리고 구
운 오징어까지. 나는 오징어 다리 하나를 입에 넣고 우물거
리며 말했다.

"네가 먹으려고 다 산 거 아니야? 나랑 같이 다니려면 너
도 관리 좀 해야지. 그렇게 살이 쪄서 어떡할 거야. 땀이나

삐질삐질 흘리고 말이야."

"아닙니다, 형님. 그게……."

"됐어. 가습기에 물이나 채워."

그는 생수 한 병을 가습기에 채웠다. 가습기 속으로 물이 꿀렁거리며 들어갔다. 그사이 나는 충무김밥과 구운 오징어를 양손에 쥐고 번갈아 먹었다. 충무김밥이 생각보다 입맛에 맞았다. 나는 다 먹은 쓰레기를 앞좌석에 던져 놓은 후, 차량용 USB 포트에 가습기를 연결하고 얼굴을 향해 분사시키며 말했다.

"빨리 가자. 늦겠다."

가습기에 물을 붓고 남은 빈 생수병을 비닐봉지에 넣은 철중이가 한입 베어 문 핫도그를 옆에 내려놓은 채 다시 핸들을 잡았다.

나는 그의 엄마, 즉 태훈 엄마를 먼저 알았다. 그날은 나 혼자 집에 있었다. 아버지가 알면 펄쩍 뛸 일이었지만, 더 이상 맞다가는 엉덩이가 솜 빠진 베개처럼 홀쭉해질 것 같아서 무작정 숙소를 뛰쳐나왔다. 마침, 아버지는 외출 중이었고, 후끈거리는 엉덩이 때문에 앉을 수도 없어 소파에 엎드려 만화책을 보고 있었다. 초인종이 울렸다. 몇 번 울리다 말겠지 싶어 가만히 있으려고 했는데, 멈출 듯하다가 다시 울렸다. 마지못해 일어나 현관문으로 향했다.

　문밖에는 처음 본 아주머니가 서 있었다. 촌스러운 파마머리에 윤기 하나 없이 푸석하고 기미가 잔뜩 낀 얼굴의 아주머니는 내가 말을 꺼내기도 전에 내 턱밑까지 떡을 가져다 대며 말했다. 이사를 왔다고, 시골에서 아들 교육을 위해 친척 하나 없는 이곳까지 왔다고, 묻지도 않은 말을 폭풍처럼 쏟아냈다.

　아들 교육을 위한다면 서울로 올라가야 하는 게 아닌가? 지방의 소도시도 서울 사람들에게는 시골이나 별반 다르지 않을 거라고 말하고 싶었지만, 나는 착한 이웃처럼 생글생글 웃으며 네, 네, 대답했다. 딱히 반가운 마음에 그랬던 것은 아니고, 살아남기 위해 배운 몸에 밴 행동이었다. 그러자 아주머니는 어쩜 이렇게 싹싹하냐고 또 말을 덧붙였고, 자기 아들은 숙맥처럼 어디 가서 말도 잘 못 한다고 했다. 아들 얘기를 한번 꺼내자마자 이야깃거리가 줄줄이 그물에 걸려 올라왔다. 수학을 잘한다든가, 봄가을이면 심해지는 천식 때문에 힘들어한다는 둥 궁금하지 않은 이야기들을 늘어놓았다.

　그리고 내가 단지 앞의 중학교에 다니는 2학년 학생이라는 사실을 알게 되었을 때는 내 손을 덥석 잡으며 말했다.

　"이런 인연이 있을 줄이야. 이렇게 덩치도 크고, 싹싹한 학생이 우리 아들 친구가 되어 주면 얼마나 좋을까? 우리 아들이 어렸을 때 아파서 몸이 조금, 아주 조금 불편해서……."

"네?"

"다리를 아주, 아주 조금 절어."

아주머니의 목소리가 눈에 띄게 줄었다. 친하게 지냈으면 좋겠다고, 그러면 참 좋겠다는 말을 반복했다. 나는 예의상 미소를 지으며 네, 네, 대답했다. 머릿속에서는 좀 전까지 읽던 만화책의 줄거리를 떠올리며 아주머니의 수다가 끝나기만을 기다렸다. 하지만 아주머니는 나의 대답 한마디에 마치 큰 은혜를 이미 받았다는 듯 고마워 어쩔 줄 몰라 했다. 종이가방에 담아온, 다른 집에 줄 것으로 보이는 떡까지 모두 나에게 쥐여주었다. 돌아가면서도 고맙다고, 좋은 이웃을 만나 다행이라고 말하며 몇 번이나 뒤돌아보았다.

아주머니가 돌아가자, 떡이 든 종이가방을 열어보았다. 팥시루떡이 들어 있었다. 흥미를 잃은 나는 떡을 다시 종이가방에 넣어 거실 구석에 던져 놓고 읽던 만화책을 펼쳤다. 보기만 해도 목이 턱턱 막힐 것 같은 팥시루떡이 아니라, 꿀떡이나 인절미라면 조금 달라졌을까? 처음 만난 이웃 아주머니의 끈적끈적한 친밀감이, 하지도 않은 선행에 감사부터 하는 불편함이, 그리고 말속에 묻어나는 아들을 향한 애정까지 모두 마음에 들지 않았다.

차가 막히기 시작했다. 나들목까지 10km 정체라는 내비게이션 소리가 나왔다. 철중은 자기가 길을 막히게 한 것도 아닐 텐데, 또 괜스레 뒤를 힐긋거리며 내 눈치를 살폈다. 요령껏 차선을 바꾸는 재주도 없는 철중은 앞차의 꽁무니만 쳐다보며 성실하게 액셀과 브레이크를 번갈아 밟아대고 있었다. 나는 답답한 철중의 운전을 보느니 그냥 눈을 감는 쪽을 택했다. 며칠째 제대로 잠을 자지 못해서인지 금방 잠에 빠져들었다. 그때였다. 날카로운 전화벨 소리가 귀를 긁어댔다. 요양보호사였다.

– 네. 말씀하세요.

– 바쁘시죠? 얼마나 바쁘실지 잘 아는데, 자꾸만 찾으셔서요. 아버님이 기다리시는 게 얼마나 마음이 쓰이는지…….

– 말씀드렸을 텐데요?

– 알죠, 알죠. 밤늦게나 들르신다고 했던 거. 하지만 기다리는 아버지를 생각해서 조금만 일찍 오시면 어떨까 싶어서요. 그 시간은 아버지가 잠자리에 드실 시간이기도 해서.

– 하…….

– 아버지의 아들 사랑이 얼마나 각별하신지 아시죠? 아들을 그리워하는 마음을 생각해서라도 조금만…….

나는 바쁘다는 핑계로 전화를 끊었다. 요양보호사는 아버지가 입원한 직후부터 3년이 넘게 아버지를 돌봐왔다. 친절과 간섭의 사이를 아슬아슬하게 넘나드는 그녀는 묻지도 않은 아버지의 소식을 꼬박꼬박 전해주는 사람이었다. 두 번째 경연이 있던 날이었다. 나는 아버지에게 티브이 출현 사실을 말한 적이 없었다. 티브이에 나오는 내 모습을 처음 본 것은 요양보호사였다.

"내가 금방 알아봤다니까요. 지금까지 딱 두 번밖에 요양원에 찾아오지 않으셨지만 말이에요. 제가 눈썰미가 좀 남다르거든요."

멀리하려던 부자 관계를 억지로 붙여놓으려는 여자였다. 방송하는 날이면 일부러 티브이를 크게 켜놓고 사람들을 불러 모아 함께 응원하고, 종일 내 경연곡을 틀고 또 틀었다며, 내게 굳이 전화까지 걸어 알려주었다.

그 시절 아버지는 매일 내 트로피를 닦았다. 장식장 속에 넣어둔 트로피는 거실 블라인드를 통해 들어오는 햇볕을 받아 번쩍번쩍 빛났다. 하지만 트로피 바닥은 이미 금색 칠이 벗겨지기 시작했고, 번쩍이는 금색으로 위장한 시커먼 속내는 바닥에 녹 때를 묻혀가고 있었다. 시커먼 멍으로 물든 그때의 내 엉덩이처럼…….

아버지에게 야구를 그만두겠다고 한 적이 있었다. 거실에 앉아 로터리클럽 로고가 적힌 점퍼를 입고 골프채를 닦던 아버지가 미간을 잔뜩 찌푸리며 나를 쳐다봤다.

"네까짓 게 나 아니면 전국 최강 야구팀에 들어갈 수나 있었을 것 같아?"

거기에 대거리라도 한다면 이미 퍼렇게 멍이 든 엉덩이에 다시 골프채 매질이 시작될 것임을 짐작할 수 있었다. 아니 대거리할 말이 없었다는 것이 더 정확한 표현일 것이다. 나는 야구부에서 특별한 대우를 받을 만큼 월등하지 않았다. 방출되지 않기 위해 최선을 다해야 했고, 고개를 숙이고 지시에 따라야 했다. 때리면 맞아야 했고, 내 잘못이라고 말하면 무조건 죄송하다고 해야 했다. 그러면 고교야구 최강팀 소속이라는 타이틀이 따라왔다. 나는 그렇게 강한 자에게 고개를 숙이는 법을 배웠다.

"정말 짜증 나게 걸리적거리네."

"네?"

어깨를 잔뜩 움츠린 채 핸들을 바짝 당겨 잡고 있던 철중이 놀라서 뒤를 돌아봤다.

"구두 속 돌멩이 말이야."

걸을 때 조금 걸리적거리는 정도였는데, 이제는 앉아 있어도 불편함이 느껴졌다. 정체 모를 그것은 발바닥을 옮겨가며 나를 약 올렸다. 신발은 CF 찍을 때 협찬받았던 것인데, 회사에서 내게 선물로 주었다. 유명 브랜드 신발을 선물로 받은 것은 처음이었고, 이 신발이 내 인생 꽃길의 첫 발걸음을 상징하는 것으로 생각했다. 그런데 이렇게 하찮은 것 따위가 나를 신경 쓰이게 할 거라고는 생각조차 해보지 않았다. 아버지는 사람의 인생이란 밟거나 밟히는 것 중 하나를 택하여 살아가는 것이라고 늘 말했다. 그렇게 보면 내 발 속에서 거슬리게 하는 작은 돌멩이 조각도 나를 불편하게 할 뿐 언젠가는 밟히다 사라질 게 틀림없다. 그것이 내가 배운 삶의 방식이었다.

잠깐 잠이 들었다가 차가 다시 속도를 줄이는 게 느껴져 눈을 떴다. 차는 어느새 고속도로 톨게이트로 진입하고 있었다. 도시에 들어섬을 증명하듯 차들이 많아지기 시작했고, 목적지에 가까워지자 익숙한 거리가 눈에 들어왔다. 패션 거리라고, 그럴듯한 팻말이 붙어 있지만, 손님이라고는 눈에 띄지 않았다. 유행 지난 의류 브랜드 간판들만 색이 바랜 채 거리를 지키며 과거의 영광을 추억하고 있는 듯했다.

한때는 저 거리를 활보하며 다닌 적이 있었다. 허벅지가 꽉 끼어 실밥이 드러나 보일 만큼 잔뜩 줄여 입은 교복 바지를 입고, 굳이 버스까지 타고 와서 프랜차이즈 햄버거를 사 먹었다. 그럴 때는 열에 아홉 태훈과 동행했다. 태훈이 함께 간다고 하면 그곳이 어디든 아버지에게 허락받을 수 있었기 때문이었다. 걸음이 조금 느려서 나란히 걸을 수는 없었지만, 뒤를 돌아보면 늘 태훈이 따라오고 있었다. 빨리 오라고 손짓하면 두꺼운 안경을 치켜올리고 웃으며 고개를 끄덕였다. 설마 내가 그런 태훈에게 나쁜 행동을 했을 리가 있겠는가? 내 기억 속 태훈은 언제나 웃는 모습이었는데…….

차창 밖으로 익숙한 가게가 눈에 들어왔다. 동화각. 자장면이 싸서 학창 시절 태훈과도 몇 번 갔던 중국집이었다. 그리 맛이 있었다거나 특별한 추억이 있는 장소는 아니지만, 낯익은 가게가 남아 있다는 사실만으로도 반가웠다. 나는 중국집을 손가락으로 가리켰다. 철중이 어리둥절한 표정으로 나를 쳐다보았지만, 굳이 설명을 덧붙이지 않고 차를 세우라며 재촉했다.

우리는 붉은색 나무 구슬이 매달린 문발을 걷어내며 안으로 들어갔다. 손님은 하나도 없었고, 짜장면 그릇에 랩을 씌우는 배달원은 우리를 본체만체했다. 제일 안쪽 테이블에 자리를 잡았다. 곧이어 주인으로 보이는 여자가 오른쪽 바닥이 조금 찌그러진 주전자와 사기로 된 팔각 물컵이 담긴 쟁반을 들고 우리 곁으로 다가왔다.

"자장면 괜찮지?"

나는 철중이 대답하기도 전에 주문했다.

핸드폰에 시선을 고정하던 철중이 무엇인가 생각난 듯 내게 물었다.

"요양원은 마지막에 들르실 거죠?"

"출발할 때 얘기했잖아. 요양원이 지금 중요하니?"

"얼핏 들었는데, 아버님께서 기다리시는 것 같아서요."

"네 할 일이나 잘해. 인마."

"그래도……."

곧이어 자장면이 나왔고, 철중은 하려던 말을 그만두었다. 그때였다. 그릇을 식탁에 내려놓던 주인 여자가 고개를 갸웃거리며 나를 쳐다봤다.

"맞죠? 티브이에 나오는 그, 히어로 님."

나는 눈을 맞추고 다정하게 웃으며 고개를 끄덕였다. 히어로는 내 별명이었다. 가수가 되겠다고 중소 기획사를 전전하던 나는 마지막이라고 생각하고 텔레비전 오디션 프로에 지원했다. 그간 트로트 믹스 앨범 몇 장을 내며 지방 행사를 다니는 것 말고는 별다른 활동이란 것을 해보지 않았다. 그런 내게 텔레비전 오디션은 마지막 동아줄 같은 것이었다.

첫 경연이 끝나고 막 방송국을 나서는 길이었다. 횡단보도 앞에서 한 중년의 여성이 젊은 남자 두 명과 말다툼을 하고 있었다. 둘 중 한 명이 화를 참지 못했는지 중년 여성을 밀어 넘어뜨렸다. 나는 반사적으로 그들을 향해 달려가 남자의 팔을 붙잡았다. 남자는 내게 손목을 잡힌 채 씩씩거렸다. 손목이 잡힌 남자는 나를 노려봤지만, 별다른 행동을 취하지는 않았다.

아마 내 덩치가 한몫했을 것이다. 옆에 있던 사람이 화난 그를 진정시켰고, 잠시 후 함께 자리를 떠났다. 중년 여자도 마찬가지로 내게 짧은 감사 인사를 건네고 그곳을 떠났다. 그것뿐이었다. 자세한 사정은 알지 못했다. 내가 옳은 일을 한 것인지조차. 내가 남자의 손목을 붙잡은 장면이 방송국에 놀러 왔던 방청객의 사진에 찍힌 것뿐이었다. 사람들은 나를 슈퍼맨에 비유하며 환호했다. 나는 노래 실력과 무관하게 승승장구했으며, 그때 얻은 별명이 바로 히어로였다.

나는 내게 온 기회를 놓치지 않았다. 최종 경연에서 비록 아쉽게 3위에 머물렀지만, 제법 유명해졌다. 소속사가 생기고, 빡빡한 스케줄을 소화했으며, 히어로의 이미지에 어울리는 CF까지 찍게 되었다.

식사하기엔 어중간한 시간이기도 했지만, 중국집은 그리 장사가 잘되는 편은 아닌 것 같았다. 마음 편히 모자를 벗고 자장면을 먹기 시작했다. 눈치 없는 철중은 입가에 시커먼 자장을 묻힌 채 이미 절반 넘게 먹고 있었다.

"쩝쩝거리지 좀 마라. 밥맛 떨어진다."

"형님도 참, 밥 먹는 것 가지고……."

철중의 젓가락질 속도가 눈에 띄게 줄었다. 밥을 다 먹어갈 즈음, 나는 철중에게 다시 전화해 보라고 했다. 약속도 없이 찾아가는 것이기도 했지만, 태훈은 전화를 받지 않았다. 분명 잘못된 번호는 아니었다. 그렇다고 이대로 돌아갈 수는 없는 노릇이었다.

전학생 태훈이 담임과 함께 등장했다. 태훈은 담임과 약 500m 거리를 둔 채 좁은 보폭으로 천천히 걸어 들어왔다. 나는 태훈을 금방 알아볼 수 있었다. 다리를 조금 절며 걸었기 때문이다.

태훈이 나와 같은 반이 된 사실을 그의 어머니가 알게 되면 진짜 인연이라고 또 호들갑을 떨게 눈앞에 그려졌다. 교탁 앞에 선 태훈의 얼굴을 찬찬히 살펴보았다. 길을 가다가도 수십 번은 족히 마주칠 듯한 평범한 얼굴이었다. 다리가 불편하다는 아주머니의 말이 아니었다면 절대 알아보지 못했을 정도였다. 그리 잘생기지도, 그렇다고 특이한 이목구비를 갖고 있지도 않은 태훈에게 돋보이는 것은 작은 눈을 부풀어 보이게 하는 두꺼운 볼록렌즈 안경과 절뚝이는 걸음걸이뿐이었다.

담임이 태훈에게 인사를 시켰다. 태훈은 앞자리 학생들이나 겨우 들릴 정도의 작은 목소리로 제 이름을 말하며 꾸벅 인사했다. 뒷말을 기대하며 태훈을 기다려주던 담임이 당황

한 듯 태훈에게 급하게 자리를 안내했다. 교실에는 내 뒷자리이자 제일 끝자리 책상만이 비어 있었다. 자그마한 태훈이 자리에 앉았다. 담임은 내 덩치에 가려 태훈이 보이지 않는다며 난감해했다. 나는 흔쾌히 태훈과 자리를 바꾸어주었다. 제일 뒷자리를 선호하는 것뿐이었는데, 태훈은 큰 은혜라도 입은 듯 고마워했다. 그 표정은 떡을 쥐여주던 아주머니와 닮아 있었다.

태훈을 향한 친구들의 관심은 전학해 온 첫날뿐이었다. 처음에는 몇몇 친구들이 다가가 인사하며 관심을 표현했다. 하지만 태훈은 공부를 특별히 잘하거나 여학생들에게 인기 있을 만큼 잘생기지도 않았다. 심지어 싸움이나 운동에도 재주가 없던 까닭에 금세 친구들의 관심 밖으로 밀려났다. 그런 태훈에게 손을 내민 것은 나였다. 하굣길 동행을 자처했고, 나의 친구들에게 태훈을 소개했다. 아주머니의 부탁 때문이기도 했지만, 그것보다는 나의 작은 관심에 감동하는 태훈의 표정을 보는 게 재미있었기 때문이었다.

"일단 가봐."

철중이 내비게이션에 시티빌 아파트를 검색했다. 동창을 통해 태훈이 아직 그 집에 산다는 사실을 알았을 때, 깜짝 놀랐다. 성인이 되어서까지 별 볼 일 없는 지방의 중소도시에 남아 있을 이유가 없었다. 친구들 대부분은 직장을 찾아 서울로 올라갔다.

그런데 태훈은 아직 과거에 머물러 있는 듯 결혼은 물론 독립조차 하지 않은 채 아주머니와 단둘이 사는 것이다. 그간 내 사정 때문에 동창들에게 연락하지 않았는데, 태훈에게만이라도 연락을 해볼 걸 그랬다는 생각이 스쳤다. 그러다 문득 태훈이 내 연락을 싫어했을 거라는 생각이 들었다. 왜 그런 생각을 했을까? 내 기억 속 태훈과의 추억은 좋은 것들 뿐이었는데 말이다.

"이 아파트 맞죠?"

보지 않고도 알 수 있었다. 공기부터 익숙했다. 내가 살던 아파트는 다만 색이 바랬을 뿐 같은 형상으로 자리하고 있었다. 나는 주차하는 철중에게 말했다.

"요 앞에 떡집이 있더라."

"네? 선물용으로 홍삼을 사 놨는데요?"

"그러니까 모르면 나한테 물어보던지, 하여튼 마음대로 하지 말라니까!"

"죄, 죄송합니다. 형님."

철중이 떡을 사기 위해 차에서 내렸다. 차창을 통해 슬금슬금 내 눈치를 살피며 엉거주춤 걸어가는 철중을 바라보았다. 철중에게 눈치라는 게 언제 생길지, 그때까지 내가 철중을 데리고 있을 수 있을지 모르겠다.

나는 철중이 나간 사이 옷매무새를 정리했다. 무대의상 같지 않은, 그러니까 대기업 회사원 같은 슈트를 걸치고 벗어 두었던 명품 신발을 다시 신었다. 어차피 몇 걸음 걷지 않을 테니 발바닥의 이물감 따위는 잠깐 견디면 된다. 십여 분의 시간이 지난 후, 철중이 금색 보자기에 담긴 떡을 들고 차로 돌아왔다.

"근데 왜 하필 떡이에요?"

나는 알 필요도 없는 것을 굳이 물어보는 철중이 마땅찮았다. 빚을 갚는 느낌이 들었을 뿐이라는 대답도 하지 않았다. 말없이 차 문을 열고 나섰다. 철중이 홍삼과 떡 상자를 들고 뒤따랐다.

지는 해가 아파트를 물들이고 있었다. 나는 일 층 현관 앞에서 아파트를 잠시 올려다보았다. 당시 인근에서 제일 높고 세련된 아파트는 어느새 그늘진 얼굴을 한 황혼의 노인이 되어 있었다. 우리 아파트는 동네에서 처음 영어 이름을 단 새 아파트였다. 시티빌. 그리고 그중에서도 제일 평수가 넓은 곳이 우리 동이었다. 아버지는 안 그래도 나온 배를 한껏 내밀고 팔자걸음을 걸으며 아파트를 휘젓고 다녔다. 경비원에게 손가락으로 이곳저곳 가리키며 잔소리하거나, 아파트 운영에도 간섭했다. 주차장이 부족해 차량을 댈 곳이 없던 어

125

느 날이었다. 관리사무소에 들렀다 오는 길인지 풀리지 않은 화를 삭이지 못하고 씩씩거리며 말했다.

"왜 작은 평수에 사는 사람들이 우리 동에 차를 대는 걸 가만 놔둬."

아버지는 다른 동의 주민이 우리 동 앞에 차량을 주차하지 못하도록 단속해야 한다고 했다. 게다가 작은 평형에 살면서 두 대 이상의 차를 보유한 주민들에게는 추가 주차비를 징수해야 한다고도 했다. 물론 형편도 안 되는 사람들이 꼭 쓸데없이 차를 두 대나 갖고 있다는 말과 함께. 같은 동 주민들에게 동의서를 받아서 입주자대표회의에 내겠다며 종이를 꺼내 무엇인가를 쓰기 시작했다. 아버지는 평수에 맞게 공평하게 대우받아야 한다고 중얼거렸는데, 나는 평수에 맞게 대우하는 것이 공평한 것인지 도무지 알 수 없었다.

태훈의 집 현관 앞에서 벨을 눌렀지만 아무도 나오지 않았다. 낭패감이 들기 시작했다. 글을 올린 장본인이 만약 태훈이라면 오랫동안 묵혀둔 감정을 이제 와 끄집어낼 만큼 나를 미워했던 것일까? 정말 내가 그를 괴롭혔던 것일까? 아무리 생각해도 인정할 수 없었다. 그래서 태훈에게 제대로 확인시켜 주고 싶었다. 태훈의 기억이 왜곡되었다는 것을, 태훈에게 나는 그만큼 나쁜 친구가 아니었다는 사실을.

현관문 앞에 한참을 서 있었다. 파란 조끼를 입은 택배 배달원이 힐끗거리며 지나갔다. 서 있기만 하는데도 신발이 거슬렸다. 짝다리를 짚었다가 뒤꿈치를 들고 신발의 앞코로 지탱하기도 했다. 시간은 없는데 불편한 신발을 신고 언제까지 기다려야 할지 예측할 수 없어 슬슬 화가 치밀어 오르던 찰나였다. 엘리베이터가 우리가 서 있는 층에 멈추는 소리가 들렸고, 슬리퍼 소리가 가까워졌다. 뒤이어 시골 장터에서나 팔 것 같은 꽃무늬 누빔조끼를 걸치고, 바퀴가 달린 장바구니를 끌며 아주머니가 나타났다.

"누구세요?"

"접니다. 잘 지내셨죠? 전화를 받지 않으셔서 무작정 찾아왔습니다."

나는 허리를 깊숙이 굽히며 인사했다. 아주머니의 흔들리는 눈빛으로 당황했음을 짐작할 수 있었다. 그렇다고 문전박대할 사람이 아니란 것도 알고 있었다. 거절이라는 단어를 모르는 사람이니까. 아주머니는 잠시만 기다려달라고 하며 집으로 들어갔다. 태훈이가 있을지도 모른다는 생각이 들었다. 아주머니가 집 안에 누가 있는지 살펴보는 눈치였기 때문이다. 뒤이어 현관문이 다시 열렸다. 아주머니가 들어오라며 손짓했다.

"어떡하나. 지금 태훈이는 집에 없는데."

아쉬워하기는커녕 안심하는 듯한 아주머니의 표정이 잠시 읽혔다. 아주머니가 우리를 향해 앉으라고 했다. 집은 예전 그대로였다. 다만 검은색 가죽 소파의 엉덩이 부분이 하얗게 바래있었다. 하얀 양복바지에 시커먼 때가 묻어날 것만 같은 느낌이 들어 엉거주춤 소파 끝에 걸터앉았다.

아주머니가 허둥지둥 주방을 누비는 소리가 들리는가 싶더니 떡과 물이 든 쟁반을 들고 다가왔다.

"주전부리할 만한 게 없어서 네가 가지고 온 떡을 좀 담아 왔어. 너 이 떡 좋아하지?"

작게 포장되어 있었지만 팥시루떡이었다. 보기만 해도 목이 막히는 것 같았다. 나는 단 한 번도 팥시루떡을 좋아한다고 말한 적이 없다. 하지만 아주머니는 내가 팥시루떡을 좋아하는 것이 기정사실인 듯 포크로 떡을 찍어 내게 내밀었다. 나는 떡의 끝을 살짝 베어 물었다가 내려놓았다. 아주머니는 예전과 다르게 말이 없었다. 나를 붙잡고 태훈의 얘기를 끝도 없이 늘어놓던 사람이 아니었다. 침묵을 깨고 내가 먼저 말을 꺼냈다.

"여기서 함께 잔 적도 참 많았는데……. 아주머니는 제 덕분에 태훈이 친구가 많아졌다고 좋아하셨죠."

"내가 그랬나?"

아주머니는 잠시 생각에 잠기는 듯했다. 나는 태훈과 공유

했던 행복한 추억을 하나둘 풀어놓았다. 태훈이가 공부를 봐
줘서 성적이 많이 올랐다던가, 내가 가지고 온 만화책 시리
즈에 빠져 밤새도록 함께 읽었던 얘기까지……. 아주머니는
말없이 고개를 끄덕였는데, 그것이 동의의 끄덕임인지 의문
의 표시인지는 구분이 되지 않았다. 그 반응과는 별개로 태
훈과의 추억을 떠올릴수록 태훈이 내게 좋은 친구였다는 사
실이 점점 더 분명해지는 것 같았다.

태훈은 내가 자기에게 손을 내민 것이 마치 큰 은혜라도
베푼 것처럼 굴었다. 그래서일까? 숙제해 주거나, 피곤한 나
를 대신해 매점에 다녀오기도 했다. 나는 태훈의 그런 호의
를 당연한 듯 받아들였다. 그럴 때 나의 다른 친구들, 그러니
까 태훈과 결이 다른 녀석들도 태훈에게 그런 부탁들을 종종
하곤 했는데, 태훈은 한 번도 언짢은 내색 없이 그 부탁을 들
어주었다. 오른쪽 다리를 절며 커다란 간식 봉지를 들고 들
어오는 태훈의 모습이 안쓰럽다는 생각이 들기는 했지만, 웃
고 있는 그의 표정을 보면 안심했다. 남의 부탁을 거절하지
못하는, 그의 어머니와 몹시도 닮은, 본래 그런 천성을 갖고
태어난 부류의 인간이라고 생각했다.

우리는 아주머니의 부탁이 아니었더라면 함께 어울릴만한
사람이 아니었는데도 불구하고 친구 관계를 이어갔다. 반면

나의 다른 친구들은 태훈을 그다지 좋아하지 않는 듯했다. 시커먼 속을 감추고 드러내지 않는 그 의뭉스러움이 불쾌하다고 말하곤 했으니까. 하지만 그것은 그들의 생각일 뿐이었다. 굳이 그 생각을 고쳐줄 마음 같은 것은 내게 없었으며, 그들이 태훈에게 어떻게 행동하는지 알고 싶지도 않았다. 그건 태훈의 몫이라고 생각했다. 학교라는 사회에서 살아남는 것, 그것은 자연의 법칙처럼 누구에게나 공평하게 주어지는 환경일 뿐이니까.

이후 나는 명문 야구부가 있는 서울의 고등학교에 진학했고, 우리는 자연스레 멀어졌다. 그러니까 태훈은 중학교 이 년 동안 잠깐 사귀었던, 굳이 옛 기억을 끄집어내야만 기억나는, 내 인생에 잠깐 스쳐 지나간 작은 존재일 뿐이었다.

화장실을 가는데 문이 살짝 열린 방이 보였다. 예전에 그곳은 태훈의 방이었고, 지금도 태훈이 쓰는 방처럼 보였다. 책상 위에는 좀 전까지 읽고 있었던 듯 커다란 행성 그림이 있는 책이 펼쳐져 있었다. 태훈은 괴짜 같은 구석이 있었다. 사람들과의 관계보다는 먼 우주나 별에 대해 더 관심이 많았다. 그래서 내게도 종종 우주나 별에 관한 얘기를 했다.

"얼마 전에 나사에서 소행성을 발견했는데, 이 소행성의 궤도가 2022년쯤이면 지구와 충돌할 가능성이 있대. 그런데 나사의 이 발견은 뉴스의 메인 타이틀은커녕 웬만한 신문의 한 줄 기사로조차 나오지 않는 거야. 하찮게 생각하는 조그마한 소행성이 지구를 멸망시킬 수도 있다는 것을 누구도 생각하지 않는 거지."

그 후로도 태훈은 종종 소행성에 관한 얘기를 했지만, 나와는 상관없는 일이어서 자세히 기억나지는 않았다. 펼쳐져 있는 책을 보니 태훈이 잠시 자리를 비운 것 같았다. 아주머니는 태훈이 어디 갔는지 모른다고, 어쩌면 오늘 중으로 들어오지 않을 수도 있으니 기다리지 말라고도 했다. 급하게 둘러댄다는 느낌이었는데, 어딘가에 숨어있는 게 아닐까 하는 생각이 들었다.

태훈을 찾아오기 전, 동창은 묻지도 않은 태훈의 소식을 알아봐 주었다. 자기 부모님이 나의 이번 첫 콘서트에 꼭 가고 싶어 하셨지만, 티켓을 구하지 못했다는 말을 덧붙이면서. 태훈은 다니던 대학을 그만두고, 지금은 고향의 동사무소에서 일하고 있다고 했다. 그는 원래 성실한 편이었으니 공무원 시험쯤은 합격할 수 있었을 것이다. 그런데 그 직장에 병가를 내고 휴직했다니……. 사회생활을 견디지 못했던 것일까? 아니면 그를 짓밟고 괴롭히는 누군가가 있었던 것일까?

어느 순간 대화가 끊어졌다. 더 이상 꺼내놓을 추억이 기

억나지 않았고, 아주머니 또한 대화의 꼬리를 이어갈 여지를
주지 않았다. 나는 어떻게든 태훈이 나타날 때까지 이곳을
떠나지 않을 생각이었다. 철중은 둘 사이에 끼어 제 역할을
찾지 못한 채 포크로 팥시루떡을 콕콕 찌르고 있었다. 그때
였다. 철중의 뱃속에서 무례할 정도로 큰 소리가 들렸다. 시
도 때도 없는 철중의 꼬르륵 소리가 반가울 때도 있구나 싶
었다.

아주머니가 철중을 쳐다보았다.

"식사는 했어?"

"점심도 걸렀어요."

내가 철중의 대답을 가로챘다. 철중이 놀란 눈빛으로 나를
쳐다봤고, 나는 시치미를 뚝 떼고 말을 이어갔다.

"바빠서 한 끼도 못 먹었어요."

아주머니는 길에서 우연히 만난 사람에게조차 음식을 대
접하는 사람이었다. 그녀는 자리에서 일어나며 저녁상을 차
릴 테니 잠깐 기다리라고 했다. 아주머니가 부엌으로 간 사
이 철중이 내게 조그맣게 말했다.

"형님, 왜 그러셨어요?"

나는 얼굴을 찡그리며 눈치 좀 챙기라고 했다. 철중은 입
을 삐죽거릴 뿐 더 묻지는 않았다.

아주머니는 금세 식탁 가득 음식을 차려놨다. 거짓말한 목

적을 상실한 듯 입안에 침이 고이기 시작했다. 아무리 배가 불러도 손이 가던 아주머니의 음식에 대한 기억이 한꺼번에 떠올랐기 때문이다. 조미료 맛이 가득하던 자장면이 채 소화되지도 않은 채 식탁 앞에 앉았다.

냉이를 넣은 된장찌개에 숟가락을 가져가는데, 요양보호사의 전화가 또 걸려 왔다. 일부러 받지 않았다. 예전에도 그랬듯 나는 마치 한 끼도 먹지 못한 사람처럼 밥그릇을 모두 비웠고, 저녁을 다 먹을 때까지도 태훈은 들어오지 않았다. 철중은 당연하다는 듯 고무장갑을 끼고 설거지를 시작했다.

"어쩜 이렇게 싹싹할 수가 있대. 너 매니저 잘 뒀다. 어디에서 이런 사람을 만났어?"

"후배예요. 고등학교 때 같이 야구하던."

철중은 일 년 후배였다. 내가 고등학교 2학년 때 철중이 팀에 합류했다. 당시 후배들은 야구 실력이 뛰어나서 늘 고개를 빳빳하게 들고 다니며 선배들을 깔보거나, 야바윗속을 감추고 입안의 혀처럼 비위를 맞추며 내 자리를 호시탐탐 노리는 놈들뿐이었다. 그런데 철중은 그들과 달라 보였다. 생각과 행동이 진득한 구석이 있었고, 선배에게 늘 깍듯했다. 우리는 속 깊은 얘기를 나눌 수 있을 만큼 친해졌고, 나는 그를 어디든 꼭 데리고 다녔다.

고등학교 3학년, 무릎 부상의 후유증으로 운동을 하는 날보다 쉬는 날이 더 많을 때였다. 무엇에도 의욕이 없던 시절이었다. 철중에게 전화하면 말없이 달려와 주었다. 함께 노래방에 틀어박혀 목소리가 나오지 않을 때까지 한바탕 노래를 부르고 나면 그나마 기분이 풀리는 것 같았다.

얼마 지나지 않아 철중은 야구를 그만두었다. 같은 팀 내에서도 자리 하나를 두고 싸워대는 경쟁이 지긋지긋하다며 뒤늦게 공부하겠다고 나섰다. 하지만 대학 입시에 실패했다. 나 또한 경기에 출전한 실적이 별로였던 탓에 결과는 별반 다르지 않았다. 노래를 해보라는 말을 처음 한 것도 철중이었다. 하지만 노래는 경기에 지고 코치와 선배에게 번갈아가며 맞은 날이나 야구를 그만두겠다는 말만 꺼내면 고함을 지르는 아버지 때문에 힘들 때마다 찾는 수단, 그뿐이었다. 단 한 번도 야구가 아닌 나의 꿈을 꾸어 보라고 말한 사람이 없었다. 철중이 처음이었다.

아주머니의 말 한마디 때문인가? 잊고 있던 기억이 떠오르는 것 같았다. 철중은 내가 생각했던 것보다 더 중요한 사람일 수도 있다는 기억이.

태훈을 더 기다릴 수는 없었다. 아주머니에게 태훈이 연락할 수 있도록 해달라고 부탁하고 그 집을 나왔다. 아주머니는 미안한 것도 없는데 떠나는 우리를 향해 몇 번이고 미안하다고 말했다. 그래서 도리어 미안하다고 말하지 않은 내가 미안하다는 생각이 들었다.

우리가 출발한 것을 아는지 요양보호사로부터 또 전화가 왔다. 어쩔 수 없이 전화를 받았다. 그간 전화를 받지 않아 골이 난 건지, 지친 건지, 빨리 오라는 재촉은 하지 않았다. 다만 푸념에 가까운 앓는 소리를 하기 시작했다.

— 제가 이 병실에서 아버님 돌보는 게 제일 힘들어요. 아시죠? 유독 별나신 거. 요즘은 제가 왜 이런 산골 요양원에 틀어박혀 이 고생을 하고 있나 싶다니까요. 저 그만두면 저처럼 살뜰하게 아버님 챙겨줄 분이 있을까 몰라. 아드님이 이렇게 성공하셨는데, 이제 아버님 좀 신경 써주세요. 오늘 저녁에는 식사하시는데 글쎄…….

더 듣고 싶지 않아 바쁘다며 일방적으로 전화를 끊어버렸다. 신경 쓰고 싶지 않은 아버지를 신경 써달라는 것도 그리 유쾌하지 않았지만, 신경을 쓰라는 것이 누구를 향한 것인지 알 것 같아 더욱 불쾌했다. 나의 감정과는 상관없이 차는 목적지인 '효 사랑 요양원'과 가까워졌다.

"학창 시절에 난 어땠어?"

철중에게 물었다.

"그때는 뭐, 형님이 권력의 중심이었죠. 누구도 함부로 할 수 없는."

"넌 꼭 엉뚱한 대답을 하더라."

나는 더 묻지 않았다. 차는 곧이어 요양원으로 향하는 진입로에 접어들기 시작했다. 혼자 지내시던 아버지가 뇌졸중으로 쓰러지고 수족을 못 쓰게 되자 나는 살고 계시던 아파트를 팔고 요양원을 알아보기 시작했다. 아버지를 모실 수 있는 처지도 아닐뿐더러, 그렇게까지 하고 싶지도 않았다. 당시 나는 아버지가 내 꿈을 마음대로 결정하셨듯 아버지의 거취를 내 마음대로 정할 수 있다는 것에 제법 희열을 느꼈다. 인터넷 광고를 보고 단번에 요양원을 선택했다.

자연 속 편안한 휴식처
전국 최대 규모 전문요양원
사랑과 정성으로 어르신을 모십니다.

이 정도면 괜찮을 것 같았다. 요양원을 찾았을 때 광고가 거짓이 아니라는 것쯤은 금방 알 수 있었다. 자연 속에 쏙 틀어박혀 휴식만큼은 충분히 보장되는 외딴곳이었다. 어떤 식으로든 아버지의 영향력이 내게 미치지 않을 만큼 물리적 거리가 먼 곳이기도 했다.

좁고 긴 산속 오르막을 한참 올라 요양원에 도착했다. 면회 시간은 이미 지났지만 상관하지 않았다. 면회객이 적어서

인가? 멀리까지 온 면회객을 내친 적은 한 번도 없었다. 요양원 현관에 들어가서야 그 신발을 계속 신고 있었다는 사실을 깨달았다. 바닥을 디딜 때마다 다시금 통증이 느껴졌다. 통증은 낮보다 훨씬 심해졌다. 주차장까지 거리가 제법 멀어 다시 돌아가기도 마땅치 않았다. 병실에만 잠깐 들를 거라 조금만 더 참아보기로 했다.

병실은 노란 취침용 실내등이 켜져 있었다. 드레싱 카트를 끌고 가는 간호사들이 간간이 보였다. 복도 끝에 자리한 아버지의 병실까지 몇 걸음 남겨둔 때였다. 날카로운 여자의 목소리가 들리기 시작했다.

"노친네가 잠은 더럽게 없어서 말이야. 힘들어 죽겠네, 정말."

가까이 다가가자 살짝 열린 병실 문 사이로 요양보호사의 뒷모습이 보였다. 아버지의 이불을 신경질적으로 끌어 올리고 억지로 재우기라도 할 기세로 아버지의 가슴팍을 툭툭 쳤다. 반듯하게 누운 아버지는 들릴 듯 말 듯 아, 아, 소리를 낼 뿐이었다.

무력하게 누워있는 아버지의 모습을 보자 과거의 기억이 떠올랐다. 아버지는 걸핏하면 처맞아 봐야 정신을 차린다고, 네까짓 게 무슨 말대꾸냐며 손에 잡히는 것이라면 그것이 무엇이든 내게 마구 던지곤 했다. 그러나 지금의 아버지는 물건을 던지기는커녕 저항조차 할 수 없는 처지가 되어 있었다. 그때였다. 요양보호사가 인기척을 느꼈는지 뒤를 돌아보았다. 한순간에 표정을 바꾸고 웃으며 내게 다가왔다. 왜 이렇게 늦었냐고, 하마터면 아버지가 잠이 들 뻔했다고 말했다. 요양보호사가 아버지에게 다가가며 말했다.

"그렇게 기다리던 아들이 왔어요. 기쁘시죠?"

아버지는 아, 아아, 소리를 냈다. 눈가에 눈물이 살짝 맺혀 있었다. 요양보호사는 얼마나 기쁜지 눈물까지 흘린다며, 내 옷소매를 잡아당겼다. 요양보호사가 물수건을 가져와 아버지의 눈물 자국을 닦으며 들으라는 듯 혼잣말했다. 강남에 사는 부자는 여기 그만두고 자기 부모님을 돌봐달라고 하루에도 몇 번씩 전화한다고. 그러고는 마른침을 꿀꺽 삼키며 나를 힐긋 쳐다봤다. 나는 지갑에 있는 오만 원짜리 지폐 두 장을 쥐여주었다. 그녀의 입꼬리가 슬쩍 올라갔다.

병실을 나설 때까지도 요양보호사의 행동에 대해 나는 어떤 주의도 주지 않았다. 철중은 그런 내게 무슨 말을 꺼내려는 듯 눈치를 보는 것 같았다. 하지만 어차피 제 말을 들어줄 리 없다고 생각해서였을까? 결국 입을 열지 않았다. 나는 주차장에 도착할 때까지 발바닥에만 온 신경을 집중했다. 이제는 발바닥 전체가 다 화끈거렸다. 나는 결국 주차장 코앞에서 신발을 벗어 멀리 던져버리고는 맨발로 차에 올라탔다.

발바닥의 통증이 아직 다 가시지 않았고, 이제는 온몸이 다 욱신거렸다. 나는 시트를 깊숙이 뒤로 젖혔다. 몸이 커다란 돌에 깔린 듯 무거웠다.

경연이 끝나자마자 기다렸다는 듯 스케줄이 쏟아졌다. 첫 CF 광고를 찍고 오던 날 밤이었다. 철중이 심각한 얼굴로 방송사 게시판에 올라온 글 하나를 보여주었다.

어릴 적 소아마비를 앓아 한쪽 다리를 절며 걷는 그는 조용한 학생이었습니다. 그 학생을 B라고 부르겠습니다. B는 하루 종일 친구들과 말 한마디 하지 않을 정도로 소극적이기도 했습니다. 그에게는 전학을 와서 처음 사귄 친구 한 명만 있었습니다. 그 친구의 존재감은 컸습니다. 가만히 있어도 빛을 발하는 항성처럼 말이죠. 다른 학생들은 그 친구 주위를 도는 행성이었습니다. 그 친구의 시선이 머무는 곳에 다른 친구들의 시선도 함께 옮겨갔습니다.

그 친구가 B에게 마땅찮은 눈빛을 보이기 시작한 날부터, B를 마치 쉽게 다룰 수 있는 장난감처럼 대하기 시작한 날부터, B의 고통은 시작되었습니다. 물론 B가 괴롭힘을 당할 때마다 그 친구가 항상 함께 있었던 것은 아니었습니다. 이를테면 조별 과제를 혼자 다 하게 한다던가, B에게 체력을 길러준다는 핑계로 힘이 없는 오른쪽 다리만으로 서 있다가 넘어지게 한다던가, 친구들의 담배를 B의 가방에 숨기게 할 때 말입니다. 그것도 아니라면 공부하는 모습이 보기 싫다며 B의 책을 모두 분리수거장에 버리거나 B를 과녁 삼아 볼펜 따위를 던질 때도 말입니다.

그렇다고 그 친구에게 잘못이 없다고 할 수 있을까요? 그 친구는 떳떳하다고 말할 수 있을까요? 교실의 모든 사람이 B를 언젠가는 산산이 부서져 우주 속으로 사라져 버릴 보잘 것없는 소행성으로 치부하게 만든 것은 그 친구였는데 말이죠.

나는 감았던 눈을 떴다. 차는 고속도로를 달리고 있었다. 우리 차가 비추는 라이트 불빛 말고는 빛이라고는 찾아볼 수 없을 정도로 사위가 깜깜했다. 너무 깜깜해서 당장 큰일이 일어날 것처럼 사람을 긴장시키는 어둠이었다. 무거운 눈꺼풀을 몇 번 깜빡이다가 철중에게 물었다.

"너한테 나는 어떤 사람이냐?"

"형님이 그런 걸 궁금해하실 때도 있네요?"

철중은 물음에 물음으로 대답했다. 그러고는 말없이 라디오 볼륨을 올렸다.

한밤의 라디오 1부를 시작합니다. 여러분, 오늘 밤 밤하늘을 구경해보는 건 어떠세요? 약 두 시간 후인 새벽 2시 45분, 소행성 하나가 지구궤도에 접근할 예정이라고 합니다. 소행성이 지구대기와 부딪쳐 떨어져 나온 티끌이 바로 별똥별인데요. 오늘 밤 찬란하게 빛나며 떨어지는 별똥별을 구경해보는 것은 어떤가요? 그런데 만약 이 소행성의 궤도가 조금이라도 어긋났다면 지구와 충돌할 수도 있었답니다. 직경이 10km도 되지 않는 작은 소행성 때문에 지구가 멸망할 수도 있다는 사실에 대해 여러분은 어떻게 생각하세요? 어쩌면 대단하다고 생각하는 우리의 삶도, 아주 사소한 것에 무너질 수 있다는 생각이 드는 밤입니다.

– 〈문학저널〉 발표(2022)

불을
찾아서

불을 찾아서

.

빌라가 많은 좁은 골목은 진입이 쉽지 않다. 나는 속도도 제대로 내지 못하는 차 안에서 발만 동동 굴렀다. 차는 불법으로 주차된 차량 사이를 한 뼘 정도의 공간만을 남겨둔 채 아슬아슬하게 지나가기를 반복했다. 내가 탄 구조공작차 뒤로 펌프차가 바짝 달라붙어 따라왔다. 골목 끝에 다다랐을 때, 하늘로 치솟는 검은 연기가 눈에 들어왔다. 화재가 발생한 빌라임을 단번에 알 수 있었다. 나는 차에서 내리자마자 그곳으로 달려갔다. 안방 창문으로 벌건 불길이 일렁이는 게 보였다.

안방에서 시작된 불은 꼭 그때와 같다. 가슴이 철렁 내려앉았다. 대원 한 명이 쇠지레를 문틈 사이에 집어넣고 좌우로 비틀었다. 그 사이 해머로 손잡이를 내리쳤다. 문이 불편한 소리를 내며 문이 열리자 나는 실내로 진입했다. 구조 대상자를 찾기 위해서이다. 뜨거운 열기와 연기로 시야는 전혀 확보되지 않았지만, 생각할 새도 없었다.

불길이 번지던 안방으로 진입했다. 불길 한가운데 누군가 쓰러져 있다. 그 장면을 다시 보는 것만으로도 가슴이 마구 뛴다. 쓰러진 사람에게 다가갔다. 체격이 제법 크다. 남자인 듯 보이지만, 굳이 그 사람의 얼굴을 한 번 더 확인했다. 다행히도 소연은 아니다. 나는 쓰러진 사람의 의식을 확인했다. 의식이 없어 호흡 보조기조차 씌울 수 없었다. 나는 곧장 구조 대상자를 둘러업은 채, 아가리를 벌리고 잡아먹을 듯 노려보는 불길을 피해 밖으로 나왔다. 그의 몸은 불붙은 연탄처럼 뜨겁다. 그것마저 꼭 그녀와 닮았다.

내가 구조자를 데리고 나온 것을 확인한 동료들이 5벌짜리 아코디언 식 수관을 펼쳐 방수를 시작했다. 벌건 불길 가운데서도 선명하게 보인다. 그가 쓰러져 있던 자리에 펼쳐진 검은 그을음이……. 화재 현장을 빠져나온 남자는 그대로 들것에 실려 병원으로 이송되었다. 나는 떠나는 구조자를 보며 그녀가 아니라는 사실에 다시 한번 안도했고, 동시에 그녀가 미치도록 보고 싶었다.

그날은 비가 곧 쏟아질 듯 하늘이 흐렸다. 공기는 수분을 가득 머금어 눅눅했는데, 무거운 공기가 어깨에 내려앉아 무기력해지는 날씨였다. 통상적으로 이런 날씨에 화재가 발생하는 경우는 많지 않았다. 나는 오전에 주택가 처마 밑에 자리한 말벌 집 제거를 위해 한 번 출동한 것을 제외하고는 비교적 여유로운 시간을 보내고 있었다. 벌써 16시간째 근무하고 있었고, 정신이 몽롱한 상태였다.

출동 벨이 요란하게 울렸다. 주택가 화재 신고였다. 나는 특전사 경력 때문에 소방대원 중에서도 인명구조대 업무를 맡고 있었다. 그래서 화재 현장에 사람이 있다는 신고가 들어올 때면 신경이 더 곤두섰다. 현장에 도착해 빌라의 3층을 바깥에서 올려다보았다. 안방 창문으로 벌건 불길이 보였다.

불은 안방에서 시작한 모양이다. 다행히 화재 현장에 막 도착했을 때는 빗방울이 떨어지고 있어 큰불로 번지지는 않을 것 같았다. 내가 화재 현장에서 구조 대상자를 먼저 구출하면 그때부터 본격적인 진화 작업이 시작된다. 섣불리 진화하다가는 불이 사그라지면서 발생하는 유독가스와 연기에 질식할 수 있기 때문이었다.

집 안으로 진입했다. 뜨거운 열기에 온몸이 타버릴 것 같은 고통이 느껴졌는데, 다른 날보다 유독 더 뜨거웠다. 당장이라도 뒤돌아 도망가고 싶었다. 소방관이 되겠다고 결심했을 때, 이런 위험을 늘 감수해야 한다는 것을 나는 제대로 인지하고 있었을까? 한낱 밥벌이 수단일 뿐인 일에 목숨을 걸어야 하는 것일까? 불길 속에서도 그런 생각을 했다.

잔뜩 긴장한 채 뜨겁게 달아오른 안방의 문손잡이를 부수고 들어갔을 때였다. 지금껏 한 번도 본 적 없던 광경을 마주했다. 안방은 시뻘건 불꽃이 천장과 벽을 모조리 잠식했다. 도저히 사람이 생존할 수 없는 상태였다. 그런데 그 불길 한가운데 한 여자가 엎드려 있었다. 나는 여자에게 다가가기를 주저했다. 그녀를 둘러싼 기이한 모습 때문이었다. 불꽃은 이미 안방 전체에 번져 모두 태워 없앨 듯 기세등등했는데, 그 여자 주위에서만 약한 주황빛으로 일렁거리고 있었다. 그야말로 그녀의 몸은 커다란 촛불의 심지 같았고, 방 안 전체는 거대한 불꽃 그 자체였다.

그녀에게 다가가 등을 만졌을 때였다. 그녀의 몸은 사람의 체온이라고 하기에는 고통스러울 정도로 뜨거웠다. 나는 방화복을 입었으나 흠칫 놀라 손을 뗐다. 그녀와 약간의 거리를 둔 채 그녀에게 말을 걸었다.

"저 보이세요? 여기서 나가야죠."

그녀가 말없이 고개를 들었는데, 그녀의 눈빛은 어찌 되든 상관없다는 것 같았다. 그렇다고 해서 돌아갈 수도, 그녀에게 손을 댈 수도 없었다. 좀 전에 느꼈던 불보다 더한 뜨거움 때문이었다. 내가 머뭇거리는 것을 눈치챈 것일까? 그녀가 스스로 자리에서 일어났다. 나는 곧바로 그녀에게 호흡 보조기를 채우고 부축하며 방을 나섰다. 그녀는 화마 속에 있던 사람치고는 너무나 멀쩡했다. 그리고 방을 벗어나는 순간 똑똑히 보았다. 새카맣게 타버린 책 한 권과 그 여자가 앉아 있던 자리에 거멓게 그을린 자국을. 마치 SF영화 속 능력자가 몸에서 불을 일으키기라도 한 것 같은 결코 잊지 못할 광경을……

목숨을 위협하는 불길을 경험한다는 것은 일과가 끝났다고 잊히는 게 아니었다. 2교대 근무를 끝낸 터라 피곤이 어깨를 짓누르는데도 잠이 오지 않았다. 현장에서 겪는 공포스러운 경험들이 차곡차곡 내 안에 쌓여갔고, 특히 전날의 기이한 광경은 고스란히 남아 나를 괴롭히고 있었다. 불길 속에 있던 그 여자의 모습이 떠나지 않았다. 운이 좋게도 친구 명수가 술이나 한잔하자며 연락을 해왔다. 명수는 며칠 전 오래 사귄 여자 친구와 이별했다. 그를 위해서도, 나를 위해서도 기분 전환이 필요했다.

명수가 주소를 보내준 맥주 펍으로 향했다. 손님들의 후기가 빽빽이 달린 집이었다. 요즘 유행하는 인더스트리얼 인테리어로 꾸며진 맥주 펍은 빈 테이블이 하나도 없을 만큼 사람들로 꽉 차 있었다. 내가 맥주 펍에 도착했을 때, 명수는 이미 자리를 잡고 앉아 있었다. 핸드폰에 머리에 묻고 있던 명수는 고개 한 번 들지 않고 있었는데, 가까이 다가가 그의 어깨를 친 후에야 고개를 들었다.

"괜찮냐?"

명수를 보자마자 내가 건넨 첫마디였다. 명수에게는 위로가 필요할 것 같았으니까.

"뭐가?"

"너, 헤어진 거 말이야."

"아, 그거. 이렇게 쉽게 잊을 수 있는 일인가 싶을 정도다."

이별을 힘들어할 것이라는 내 예상은 빗나갔다. 감정이 고장 난 것이 아니고서야 이렇게 태연할 수가 있을까?

"예정된 순서 같은 거였어. 걸핏하면 결혼하고 직장을 그만두겠다고 말했거든. 작은 중소기업에 다니는 내가 혼자 벌어서 안정적인 가정을 꾸릴 수 있겠어? 오래된 중고차를 바꾸지도 못할 테고, 전셋집을 찾아 전전하다 결국엔 서울에서 점점 멀어질 것이고, 자녀의 학원비 때문에 마이너스통장을 만들지도 모를 일이지. 그런 삶은 생각만 해도 숨통이 조일 것만 같거든. 아마 나랑 생각이 같았던 모양이야. 공무원이랑 선을 본다고 하더니, 그 사람과 결혼하겠다더라고."

남의 얘기하듯 말하던 명수는 주문받기 위해 다가온 직원에게 농담을 던지며 맛있는 맥주를 추천해달라고 했다. 그때였다. 명수의 핸드폰에 알림음이 울렸다. 핸드폰을 한참이나 응시하던 명수가 말했다.

"우리 커플 통장 해지하고 남은 금액을 보냈네. 생각보다 꽤 많은 돈을 보낸 걸 보니 우리가 오래 만나긴 했나 보다."

명수는 그 말을 끝으로 더 이상 자신의 이별에 대해서는 입을 열지 않았다. 대신 목울대를 꿀렁이며 시원하게 맥주를 마시고 테이블에 내려놓으며 내게 물었다.

"넌 그 일 할 만하냐?"

"솔직히 힘들어. 그 이유가 이교대 근무 때문도, 위험한 현장 때문도 아니야. 난 단순하게 공무원이 되는 거로 생각했는데……. 내게서 일 이상의 사명감 같은 걸 요구하는 거, 내 목숨을 거는 게 당연한 것처럼 생각해야 하는 거, 내가 꼭 그런 마음을 가져야 하는 거야?"

"뭐, 소방관이라고 하면 뭔가 숭고한 느낌이랄까? 그런 게 있긴 하지."

"숭고? 내가 무슨 성인군자라도 되려고 했겠냐? 그냥 수많은 직업 중 하나를 선택한 것뿐이지."

내 말에 고개를 끄덕이던 명수가 말을 이었다.

"사랑도 똑같아. 상대와 적당히 마음을 주고받다가 서로의 미래 계획이 일치하면 뭐 결혼으로 이어질 수도 있고, 아니면 헤어지는 거지. 목숨 바치는 사랑 따위도 존재하지 않는데, 하물며 목숨까지 바쳐가며 일을 하라고? 난 그렇게 못해."

"그래도 사랑은 다르겠지. 목숨도 바칠 수 있는 게 사랑 아니야?"

"그러니까 네가 모솔인 거야. 사랑? 별거 없어. 인간의 욕망을 충족시키기 위한 다양한 선택 중 하나일 뿐이야."

명수와 헤어지고 집으로 돌아오는 길에 경찰의 전화를 받았다. 주택가 화재와 관련해서 물어볼 것이 있다고 했다. 화재 원인에 난항을 겪고 있다며, 경찰서에 잠깐 들러줄 수 있냐는 부탁이었다. 다음 날, 나는 공가를 내고 경찰서로 향했다. 그리고 그곳에서 소연을 다시 만났다.

소연은 경찰서 앞마당 벤치에 앉아 있었다. 나는 사람을 잘 기억하지 못하는 편이었으나, 이상하게도 그녀만큼은 단번에 알아봤다. 불구덩이에서 살아 나온 사람치고는 너무나 멀쩡해 보였다. 경찰서로 향하며 그녀를 보았는데, 면담을 마치고 돌아왔을 때도 여전히 그곳에서 미동도 하지 않은 채 앉아 있는 그녀를 발견했다. 경찰도 도무지 모르겠다고 할 만큼 기이했던 화재 현장과 대단한 사연이라도 있을 것 같은 그녀의 표정은 내가 그녀에게 말을 걸 수밖에 없도록 만들었다.

"화재 현장에 있던 소방관입니다. 심하게 다치지는 않으셨어요?"

그녀가 고개를 들어 나를 쳐다봤다.

"구해주셔서 감사합니다."

구해줬다는 표현은 그날 머뭇거리던 나를 생각나게 해서 민망했지만, 허공을 응시하고 있는 그녀의 눈빛이 인사치레일 뿐인 것 같아 도리어 다행이다 싶었다. 그녀가 여전히 나와 눈을 맞추지 않은 채 말을 이었다.

"죽어도 상관없다고 생각했어요. 살아있을 이유가 없었어요. 그런데도 따라 나갔어요. 당황스러워하는 것으로 보였거든요."

죽으려고 했다는 말과 대수롭지 않은 듯 행동하는 괴리감이 오히려 관심을 끌었을까? 궁금한 마음에 쉽게 자리를 떠나지 못하고 있는데, 대뜸 그녀가 술이나 한잔할 것을 제안했다. 모르는 여자의 제안을 거절할 법도 했지만, 나는 이끌리듯 그녀를 따라나섰다.

우리는 경찰서에서 300m 정도의 거리에 있는 실내 포차에 마주 앉았다. 그녀는 안주가 나오기도 전에 소주잔에 술부터 채웠다. 몇 잔을 연거푸 마시는가 싶더니, 턱을 괴고 나를 지긋이 쳐다보며 지귀 설화에 대해 들어본 적이 있냐고 물었다. 나는 분위기와 어울리지 않는 옛날이야기에 대답할 말을 잃었다.

"제가 지귀인 것 같아요. 작자 미상의 지귀 설화 속 그 지귀."

술주정조차 참신하다고 생각하고 있는 사이, 그녀가 마른 땅콩을 만지작거리며 말했다.

"지귀는 선덕여왕을 보고 첫눈에 반해 사랑에 빠져요. 미천한 신분을 가진 이가 감히 여왕을 보고 사랑에 빠지다니요. 그래서 지귀는 어떤 보답도 받지 않았어요. 그냥 가까이서 그녀의 모습을 보는 것만으로도 행복했어요. 그런데 선덕여왕은 잠든 지귀에게 자기 팔찌를 벗어 줘요. 그것뿐이었어요. 자신의 사랑에 대한 보답을 받은 것뿐인데, 그 사랑이 감당할 수 없을 정도로 커진 거죠. 그 사랑이 가슴에서 불길을 만들어낼 정도로……."

"그래서 당신도 가슴에서 불이라도 피어올랐나요?"

대꾸할 말이 생각나지 않아 무심코 건넨 말이었다.

"그렇다면요?"

그녀는 이내 말을 돌렸고, 그때의 나는 엉뚱한 소리를 하는 그 모습이 제법 매력적이라고 생각했다. 그녀는 이름이 소연이라고 했고, 자기 이름은 거꾸로 연소가 더 잘 어울린다고, 농담 같지도 않은 말을 농담이라며 건넸다.

그녀는 나이에 어울리지 않는 순수함이 묻어나는 여자였다. 시시껄렁한 농담에도 자지러지게 웃다가, 슬픈 얘기에는 금세 눈에 눈물이 맺혔다. 그녀는 제 감정을 숨기려고 하지 않았는데, 그 솔직함이 나에게는 생소했다. 그래서인지 그녀가 내뱉는 모든 언어가 감정에 흠뻑 젖어 있었고, 그런 그녀와 이야기를 나누다 보면 나마저도 이성적 사고가 멈춘 듯했다. 마치 거대한 불길을 향해 발을 내딛는 것만 같았다.

그때였다. 넘치는 술잔으로 실랑이를 벌이며 그녀의 팔을 붙잡은 순간, 온몸에 소름이 돋았다. 마치 감전이라도 된 것처럼 뜨겁고 짜릿했다. 문득 그녀와 보내는 밤도 이처럼 뜨거울지 궁금했다. 내 마음을 눈치챈 것일까? 그녀가 내게 하룻밤을 제안했다.

나는 거부할 수 없을 만큼 들떠 있었기 때문에 자연스럽게 그녀를 따라 모텔로 향했다. 우리는 입을 맞추고, 숨결을 나누며, 서로 몸을 섞기 시작했다. 나는 생전 처음 경험해 보는 흥분감 때문에 정신을 차릴 수 없었다.

그리고 우리의 밤이 절정을 향해 달려갈 때였다. 그녀의 몸이 조금씩 뜨거워지기 시작했고, 뜨거운 숨을 연신 뱉어내며 점점 달아오르던 그녀가 불덩이처럼 변해갔다. 그녀의 열기에 화들짝 놀랐지만, 나 또한 들끓는 본능에 혼미해져 있었기 때문에 행위를 멈출 수는 없었다.

시간이 얼마나 흘렀을까? 어느새 우리는 비라도 맞은 듯 흠뻑 젖은 채 나란히 누워있었다. 나는 모텔의 검자주색 암

막 커튼을 조금 젖히고 창문을 열었다. 새벽녘 찬 공기가 흐른 땀을 천천히 식혀주었다. 그녀는 옆으로 비스듬히 누워 나를 보며 말했다.

"전 걷잡을 수 없이 빠져드는 사랑이 좋아요. 첫눈에 반한 지귀처럼."

"어떻게 첫눈에, 사랑에 빠져요? 그건 그냥 선덕여왕을 찬양하기 위해 만들어낸 것뿐이에요."

"그걸 운명적이라고 하는 거예요. 사랑은 이유가 있어서 하는 게 아니거든요. 자신조차 사랑에 빠진 이유를 알지 못하는 게 사랑이거든요."

"그런 사랑을 해봤어요?"

"그럼요, 제가 이렇게 뜨겁게 타오르고 있는 게 사랑의 증거니까요."

소연은 병원에서 그를 만났다고 했다. 그는 암 환자였는데, 그때 그녀는 자식이 없는 고모의 간병을 위해 그곳에 머무르고 있었다. 그의 병상은 창가 쪽에 있어서 늘 햇볕을 등지고 있었다. 그녀는 그의 뒤에 후광이 비치는 것 같았다고 표현했다. 그래서 그가 마치 숭고한 사명을 지닌 성직자이거나 순교자 같은 느낌이 들었다는 것이다. 게다가 그는 검사나 치료를 위해 병상을 비울 때를 제외하고는 침대 헤드를 45도

세우고, 이불은 딱 무릎까지 덮은 상태로 책을 읽으며 대부분의 시간을 보냈다. 그녀는 비쩍 마른 몸에 하얀 비니를 쓴 채 늘 꼿꼿하게 책을 읽는 그 모습에 반했다고 했지만, 나는 그녀의 설명 어디에도 그녀가 그에게 반할 만한 지점을 찾을 수 없었다.

나중에 그녀는 그의 직업이 소설가라는 것을 알게 되었다. 생각만큼 고상하지 않은 그저 그런 싸구려 로맨스 소설, 그러니까 절정 부분에 주인공 남녀의 섹스 장면이 꼭 등장하는 그런 소설의 작가였다. 하지만 그것이 그와 사랑에 빠지는 데 결격사유가 되지는 않았던 모양이다.

"그는 지금 다른 사랑을 하며 행복하게 살고 있어요."

"당신의 사랑은 끝나지 않았다면서요. 괴롭지 않아요?"

그녀는 못 들은 척 말을 이었다.

"지귀의 결말이 어떻게 되는 줄 알아요? 홀로 바다에 뛰어들어요. 다른 이에게 불길이 옮겨가지 않도록. 결국 그렇게 되는 거예요. 사랑을 끝낼 수는 없으니까요."

화재 신고가 들어왔다. 도시 외곽의 야적장이다. 울타리처럼 둘러놓은 샌드위치 패널 안에서 시커먼 연기가 용솟음친다. 할머니 한 분이 나를 붙잡으며, 안에 사람이 있으니 살려달라고 애원했다. 나는 패널을 넘어 안으로 진입했다. 눈앞은 시커먼 연기로 가득 차 도저히 구조자를 찾지 못하겠다고 생각할 즈음이다. 왼쪽에서 개 짖는 소리가 들려왔다. 나는 본능적으로 소리가 들리는 방향을 향해 나아갔다. 매고 있는 공기통엔 300bar의 공기가 채워져 있고, 공기의 소모를 최소화하기 위해서 절대 뛰어서는 안 된다. 하지만 자꾸 마음이 조급해지고 걸음이 빨라진다.

그녀를 만난 이후부터였을까? 화재 현장에 출동할 때면 행여 그녀가 있지 않을까 하는 상상을 한다. 내가 조금이라도 머뭇거리는 사이에, 나의 출동이 늦어진 사이에, 그녀가 자신을 다 태워버린 채 영원히 사라질까 봐 두렵다.

언젠가 그녀가 말했다. 다음번에는 자신까지 다 태울 수 있을 것 같다고, 차갑게 식어버리느니 뜨겁게 불타다 홀연히 사라지는 게 더 나을 것 같다고. 그리고 그렇게 그녀가 이 세상에서 영원히 사라진다는 상상을 하는 날에는 내 가슴에서도 불길이 일어나는 듯 뜨겁고 고통스럽다.

연기를 뚫고 향한 곳에는 쓰러진 노인과 개 한 마리가 있었다. 나는 노인을 업고 화재 현장을 빠져나왔다. 아마도 그 개가 아니었다면 나는 매캐한 유독가스와 검은 연기 속에서 구조자를 그렇게 빨리 찾지는 못했을 것이다. 의식을 잃은 구조자를 실은 구급차가 막 출발하려는 찰나였다. 털이 시커멓게 그을린 채 구조자의 위치를 알리던 그 개가 꼬리를 흔들며 나타났다. 그리고 뒤이어 가고 있는 구급차를 향해 전력 질주하며 달려간다. 더 이상 따라갈 수 없을 때까지 구급차 뒤를 쫓아가는 개를 보며, 무엇이 저렇게 맹목적으로 만든 것인지 궁금했다.

그녀와 보낸 밤은 내게 꽤 강렬한 기억을 남겼다. 내 손 안에서 불덩이처럼 달아오르던 그녀의 모습이 자꾸만 떠올랐다. 마치 처음 불장난을 경험한 어린아이가 된 것 같았다. 평범한 안부를 묻는 척 그녀에게 전화를 걸었고, 이후로 그녀와의 만남을 계속 이어갔다. 그렇게 나는 샤워해도 지워지지 않는 화재 현장의 탄내를 그녀의 체취로 덮고, 뜨거운 그녀의 품 안에서 노곤한 몸을 뉘었다.

우리는 의외로 말이 잘 통했다. 특히 새벽 운동을 즐긴다는 공통점이 있었다. 같은 시간 공원에서 만나 산책보다는 조금 빠른 걸음으로 공원을 한 바퀴 돌았다. 새벽공기 특유의 습함도, 서로를 힐긋거리며 속도를 맞추는 것도, 테이크아웃 커피차 앞에 서서 마시는 아메리카노 한 잔도, 그 모든 순간이 설렜다.

변함없이 공원 벤치에서 그녀를 기다리고 있을 때였다. 소연이 느닷없이 개 한 마리를 데리고 나타났다. 집에서 키운다고 하기에는 너무도 볼품없는, 시골집 마당에 종일 묶여있는 개와 같은 진돗개 믹스견이었다.

그녀는 퇴근하고 집에 돌아가는 골목에서 떠도는 개 한 마리를 발견했다고 했다. 개는 갈비뼈가 고스란히 드러나 보일 정도로 야위었는데, 아마도 빌라 골목 위쪽 재개발 지역의 어느 집에서 기르다가 집주인이 버리고 나간 것 같았다. 허물어진 집터를 떠도는 개를 잡아달라는 것은 119의 단골 신고 내용이기도 한데, 그런 개를 포획하는 건 여간 힘든 일이 아니다. 그런데 골목을 떠돌아다닌 지 제법 오래된 그 개가 어느 날부터 소연을 따라다녔다는 것이다. 그녀는 이를 두고 인연이고 운명이라고 말했다. 그녀 덕분에 그 개는 쉽게 포획되었고, 그녀는 안락사될 뻔한 개를 보호소에 맡길 수 없어 키우게 된 것이다.

소연은 개를 가리키며 몇 번이나 운명이란 단어를 언급했는데, 생각해 보면 그녀는 그런 표현을 곧잘 쓰곤 했다. 만날 수밖에 없는 운명이라든가 사랑할 수밖에 없는 운명, 심지어 어떤 음식을 고를 때조차 운명적으로 만났다는 표현을 썼다. 그녀가 말하는 운명으로 표현한다면 그 개는 운명적으로 나를 싫어했다. 나만 보면 이를 드러내며 으르렁거렸다. 나는 개보다는 요염한 고양이 한 마리를 키우는 게 낫지 않느냐고 했다. 주인에게 매달리지 않는 고양이의 당당함이 매력적이라고 생각했기 때문이다.

하지만 그녀는 개가 좋다고 했다. 무모할 정도로 주인을 사랑해서 제 목숨조차 아무렇지 않게 던지는, 해외토픽에 심심찮게 들리는 감동적인 사연의 주인공은 늘 개라고 했다. 그날은 운동은 접어두고 함께 벤치에 앉아 그런 시시콜콜한 대화를 나누며 시간을 보냈다. 그 와중에도 그 개는 귀를 축 늘어뜨린 채 차가운 코를 벌렁거리며 그녀만 쳐다보고 있었다. 소연은 애정을 듬뿍 담아 개의 목덜미를 쓰다듬어 주었는데, 그 장면이 묘하게 불쾌했다. 그리고 그녀가 홀연히 사라진 지금, 그 개의 생사가 문득 궁금해지곤 한다.

낮잠도 오지 않는 휴무일이다. 요즈음 나는 원인을 알 수 없는 공허감에 사로잡힐 때가 많다. 오늘 같은 날이 그렇다. 사람들은 소방관이라면 누구나 한 번쯤 겪는 우울감이라고 하지만, 그것과는 결이 다른 느낌이다. 무엇이라도 하기 위해 구실을 마련하고 밖으로 나왔다. 핸드폰 요금제를 바꾸고, 잘 쓰지도 않는 종이 통장을 정리하고, 자동차 정비를 맡겼다. 그리고 차량 정비가 끝날 때까지 인근 거리를 걸었다.
거리두기가 완화되자 한동안 보이지 않던 소규모 연극 포스터들이 하나둘 보이기 시작했다. 그중 한 포스터에 시선을 뺏겼다.
"지귀, 미친 사랑을 꿈꾸다."

평소의 나라면 눈길조차 돌리지 않을 연극이다. 사랑 타령
보다는 블랙코미디가 더 내 취향이었으니까. 그런데 지귀라
는 단어 하나 때문에 그런 연극에 관심을 갖다니, 사라진 지
반년이 넘은 그녀가 나에게 이 정도로 영향력이 있는 존재였
을까? 나는 이끌리듯 연극 티켓을 끊었다.

연극은 등장인물이라고는 고작 세 명 밖에 나오지 않았다.
대부분 지귀라는 남자의 독백으로 이루어졌는데, 그녀가 언
젠가 말했던 지귀 설화를 내용으로 담고 있지는 않았다. 한
여자를 미친 듯 사랑해서 모든 걸 내어주다 끝내 비참한 결
말을 맞이하는 남자의 이야기다.

나는 주인공 남자의 행동에 공감할 수 없었다. 그야말로
제목처럼 미친 짓이라고 결론을 내렸다. 그리고 세 명의 등
장인물이 나란히 손을 잡고 관객에게 인사를 하는 사이 조용
히 자리에서 일어났다. 쓸데없이 시간만 버렸구나, 차라리
운동이라도 하러 갈 걸, 후회하며 지하에 자리한 공연장을
나와 계단을 올라가고 있을 때였다. 웬일인지 갑자기 코끝이
찌릿하며 심장이 쿵 떨어지는 느낌이 든다. 뒤이어 내 눈에
서 눈물이 주르륵 흘러내렸다.

명수가 내 앞에 차를 세운다. 그가 다니던 직장을 그만둔
탓도 있지만, 둘 다 하릴없을 때 찾는 것은 조건반사 같은 행

동이다.

"빨리 타. 여기 주차 금지 구역이거든."

지난번에 본 차가 아니다. 명수는 그새 차를 바꾼 모양이다.

"차 좋지? 내 새 애인."

명수는 다시 연애를 시작했다고 한다. 물론 그 연애의 대상이 자동차라는 것만 다를 뿐, 연애하며 얻는 쾌감은 똑같다는 말과 함께. 명수가 투자한 코인이 제법 많은 수익을 냈는데, 그렇게 번 돈으로 차를 바꾼 것이다.

"네가 이렇게 갑자기 연락할 줄은 몰랐어. 요즘 내 연락도 잘 안 받았잖아."

"내가 그랬나?"

나는 그제야 내가 연락하지 않았다는 사실을 깨달았다. 언제부터였을까? 요즘 내 생활의 변화라곤 소연이 사라진 것밖에 없다. 그것이 명수와의 연락조차 뜸했던 이유가 될까? 그리고 내 기분이 종잡을 수 없이 널뛰는 것도 그 이유 때문일까? 이성의 회로를 아무리 돌려보아도 그럴 만큼 그녀가 내게 영향력이 있었던 것인지 도무지 모르겠다. 하지만 분명한 것은 언제부터인가 내가 휴대전화만 뚫어져라 쳐다보며 무기력하게 시간을 보내는 일상을 반복하고 있었다는 사실이다.

명수는 알 수 없는 내 감정 상태가 직장인에게 오는 그런 무기력감 같은 것이라고 장담하듯 말했다. 예전에 내가 말했던 것을 기억하며, 소방관이라는 직업이 가지는 무게감도 한몫했을 것이라고 의사처럼 진단한다. 그런 무게감에 짓눌릴 필요 없다고, 결국 직업이라는 것은 생계를 위한 수단에 불과하다고 그가 말한다. 그리고 그 종착역은 자기 욕망이고 쾌락의 충족이라는 것이다.

"이럴 땐 유흥만 한 게 없어. 내가 돈을 가져보니까 그렇더라고. 장담하건대 돈만 있으면 돼. 아름다운 차가 언제든 나를 반기는 것처럼 돈만 있으면 아름다운 여자들이 나를 위해 문을 열지. 그것도 활짝."

명수는 제 말이 진리라도 되는 듯 어깨를 으쓱이며 나를 태우고 요즘 뜨고 있는 클럽에 데리고 가 주겠다고 한다. 나는 명수의 말 가운데 어떤 것에도 동의할 수 없는데, 다만 그 가운데 '아름다운'이란 단어를 듣자마자 자연스레 소연을 떠올리고 있었다.

그녀는 무언가에 열중할 때면 저도 모르게 엄지발가락을 까딱거리곤 했다. 그 흔한 페디큐어도 하지 않은 그녀의 평범한 엄지발가락이 아름답다고 생각했다. 그리고 일이 잘 풀리지 않는다 싶을 때는 제 머리를 마구 헝클어뜨리곤 했는데, 마구 헝클어진 머리 스타일이 아름답다고 생각했다. 또 그녀는 뜬금없이 고개를 한껏 뒤로 젖히고 하늘을 올려다보곤 했다. 그리고 이렇게 올려다보고 있으면 마치 물속에 가라앉아 있는 느낌이 든다고 했는데, 그 말을 할 때의 입술이 마치 물기를 가득 머금은 것처럼 촉촉해서 아름답다고 생각했다.

명수의 차가 클럽에 도착하기도 전에 피곤함이 몰려온다. 지금 당장이라도 침대에 들어가 잠을 자고 싶다. 어지럽게 돌아가는 천장 조명과 여러 사람의 목소리가 뒤섞인 소음을 생각하니 벌써 피곤해지는 것 같다. 명수에게 마음이 바뀌었다는 말을 어떻게 전할지 고민하던 찰나였다.

소방서에서 전화가 왔다. 인근 물류창고에서 불이 났는데, 근무 인력으로는 턱없이 부족하다는 것이다. 나는 갑자기 정신이 또렷해졌고, 당장 달려가겠다고 대답하며 전화를 끊었다. 좀전의 피곤함은 사라지고, 심장이 빨리 뛰기 시작한다. 몸의 모든 감각은 이미 그곳으로 달려가고 있다. 명수는 나를 보며 부질없다며 혀를 끌끌 찬다.

나를 실은 구조공작차가 출발했다. 현장에 도착해보니 블록 패널 조 건물 1동이 연소 중이고, 건물의 우측으로 연소가 확대되고 있었다. 붕괴 위험이 있어 공장 주위에 여러 대의 소방차가 포위한 채 방수포를 사용하여 소화를 시도했다. 그때였다. 사람들이 연소 중인 건물을 가리키며 안에 사람이 있다고 소리친다. 더 기다릴 수가 없었다. 급히 면체를 쓰고 있는 나를 선임이 붙잡는다.

"안 돼. 폭발할 수 있어. 기다려 봐."

"하지만 안에 사람이 있다고 하잖아요. 지금 아니면 늦어서 시도도 못 해요."

"혼자 먼저 출발하면 안 되는 거 알잖아. 그러다가는 네 목숨이 위험하다니까."

나는 선임의 준비를 기다리지도, 그의 말을 끝까지 듣지도 못했다. 몸이 이미 불길을 향해 나아가고 있었기 때문이다. 멀리서 나의 신변을 확인하기 위한 선임의 목소리가 어렴풋이 들린다. 주위는 깜깜하고, 연기가 자욱하다. 천장에서는 전선이 타면서 쉴 새 없이 스파크가 튄다. 나는 열화상카메라에 의지해 희미하게 들리는 사람의 신음을 향해 나아간다. 곧이어 구조 대상자를 발견했다. 의식이 없는 그의 손을 내 목덜미에 감게 한 후, 제법 덩치가 있는 사람을 무거운 줄도 모르고 번쩍 안아서 밖으로 나왔다. 이럴 때면 내가 알지 못하는 힘이 나오는 것 같다. 내가 건물을 나오자마자 안에서 폭발음과 함께 붉은 불꽃이 튀어 오른다. 묵직한 것이 나의 등을 때리는 것 같았고, 이내 정신을 잃었다.

"사람들은 자기 마음속을 잘 몰라요. 남의 마음을 이해하기 힘든 것보다 더 힘든 건, 제 마음을 알아채는 거죠."

처음에는 그에 대한 단순한 흥미일 뿐이었다고 소연이 말했다. 흥미는 가족조차 잘 찾아오지 않는 외로운 남자에 대한 연민으로 이어졌고, 단순한 선의로 그를 조금씩 도와주기 시작했다. 빈 물병에 물을 채워주거나, 다 먹은 식판을 가져다 놓는 일 따위였다. 그러다 그가 통증에 힘들어하면 손을 잡아주고, 아픈 그의 모습을 보며 함께 눈물을 흘렸다. 그리고 또 얼마간의 시간이 지나자 불이 꺼진 병실에서 그와 입을 맞추고, 그의 손이 그녀의 옷 속을 거침없이 헤집고 다닐 수 있는 그런 사이가 되어 있었다.

그리고 그녀는 고모의 치료가 다 끝난 후에도 당연하다는 듯 그의 곁에 남았다. 그와 24시간을 붙어 지내며 그의 고통을 함께하고, 그가 읽던 책을 함께 보며, 그렇게 햇볕을 등지고 붙어 있는 두 사람이자 한 그림자가 되었다. 그녀는 그의 곁에 남은 순간조차 그를 사랑하는 것인지 구분할 수 없었다고 했다. 불어나는 자신의 감정을 부정했다. 자신이 아니면 아무것도 할 수 없는 사람에 대한 연민을 뿌리칠 수 없었던 것뿐이라고 생각했다. 그리고 제 마음의 방향을 알지 못해 혼란스러워하고 있는데, 아무도 찾아오지 않던 병실에 손님이 찾아왔다.

병실에 찾아온 손님은 그의 아내였다. 아내는 딸의 유학 생활을 위해 미국에서 지낸 지 오 년이 넘었다. 그는 소연을 간병인이라고 소개했다.

"간병인을 쓸 돈도 있나 봐."

그의 아내는 팔짱을 낀 채 서서 침대에 앉아 있는 그를 내려다보며 미간을 찌푸렸다.

"웬일이야?"

"돈이 있어야 학교에 다니지. 중도에 포기하고 같이 돌아왔어."

"곧 소설을 다시 쓸 거야. 그러면……."

"이 몸으로?"

그래도 명색이 아내인데, 한 번쯤 들러야 할 것 같아서 왔다는 말만 남기고 그의 아내는 돌아갔다. 한국에서 직장을 다니게 되어 앞으로도 들르기 쉽지 않을 거라는 말을 덧붙이며. 소연은 그가 그런 대우를 받을 사람이 아니라는 생각이 들었고, 그래서 화가 치밀어 올라 미칠 것 같았다고 했다.

그의 아내는 그가 쓰는 삼류 연애소설로 벌어들이는 수익 덕에 많은 것을 누리고 살았다. 하지만 명문대 문예창작과 출신인 그의 아내는 그가 쓰는 소설을 부끄러워했고, 그의 존재를 남들에게 알리려고 하지 않았다. 그런 취급을 받는 그를 보며 소연은 생각했다. 그의 진정성과 문학을 향한 열정, 돈을 벌기 위해 원치 않는 글을 써야만 하는 현실, 아픈 몸과 마음을 위로해 줄 수 있는 것은 자기밖에 없다고. 그러나 소연의 사랑은 그의 로맨스 소설처럼 해피엔딩으로 끝나지 못했다. 그의 병은 지극정성으로 간호한 소연 덕분에 깨끗하게 완치되었다. 그리고 얼마 지나지 않아 그는 아내와 딸이 미국으로 출국한 지 딱 한 달이 되던 날, 미국으로 떠났다.

소연은 그의 사랑을 위해 자신의 사랑을 고집하지 않았다. 심지어 공항까지 배웅하며 그의 건강과 행복을 빌었다. 그렇다고 해서 그녀의 감정이 괜찮은 것은 아니었다. 그를 떠올리는 것만으로도 가슴이 찢어질 듯 아프고, 숨조차 쉴 수 없었다고 했다.

그러던 어느 날, 미국에 있는 그에게서 우편물이 도착했다. 그것은 《영원한 사랑》이라는 유치한 제목을 가진 삼류소설 한 권이었다. 그 속에는 소연과 그의 이야기가 고스란히 담겨 있었다. 열정적으로 사랑을 나누던 순간도, 헤어지면서도 잡은 손을 놓지 못하던 그 순간까지 모두. 그녀는 책장을 한 장씩 넘길 때마다 감정이 조금씩 들끓기 시작했다. 감정은 점점 열기로 변해갔다. 그녀는 아무렇지 않다고, 진정해야 한다고 자신을 다독여 보았지만 소용없었다.

그녀는 자신의 사랑을 한낱 삼류소설의 소재로 전락시켜

버린 것에 화를 내는 대신, 선덕여왕이 선물한 팔찌처럼 자신의 사랑에 대한 그의 화답이라고 여겼다. 순간 꼭꼭 덮어두었던 그를 향한 감정이 폭발했다. 그녀의 가슴 속에서 시작된 통증이 점점 커졌고, 발산하지 못한 감정이 작은 불덩이로 변해가는 것 같은 느낌이 들었다.

그리고 그 느낌은 곧 진짜 불씨로 변했다. 그녀는 용광로 한가운데 들어간 것처럼 벌겋게 달아오르기 시작했다. 짚고 있던 방바닥 장판이 순식간에 까맣게 그을렸고, 불이 번져나가는 게 느껴졌다. 그리고 어느 순간 정신을 잃었다. 그녀가 눈을 떴을 때는 주위로 일렁이는 불길을 보았고, 제 몸에서 번져나간 불길임을 본능적으로 알 수 있었다고 했다. 그리고 화마에 휩싸인 집에서 나는 그녀를 처음 만난 것이다.

그녀의 개는 숨을 할딱이며 달리는 것을 좋아했다. 그것은 날씨와 무관했는데, 바람 한 점 없이 뜨거운 해가 내리쬐는 날조차 달려야 했다. 처음에는 나도 그들과 함께 달렸다. 그런데 그놈의 개는 마치 내가 자신의 경쟁자라도 된 듯 굴었다. 가까이 다가가기만 하면 으르렁거리고, 반대 방향으로 내빼기 일쑤였다. 그래서 그녀와 함께 달리는 것을 포기하고 도착 지점에서 그녀를 기다렸다. 그렇게 그녀가 공원을 한 바퀴 돌아올 때쯤이면, 나는 자판기에서 차가운 음료를 뽑아 기다렸다. 그러면 그녀는 숨을 헐떡이며 파란 핏줄이 도드라진 작은 손으로 내가 건네준 음료를 받아 마셨다. 상기되었던 그녀의 볼이 천천히 식어가는 것을 보며, 그녀의 곁을 지키고 그녀의 열기를 식혀주고 싶다고 생각했다. 음료수를 마시는 그녀의 곁에 서 있다 보면, 바람에 실려 그녀의 땀 냄새가 훅 다가오곤 했는데, 나는 그녀의 땀 냄새조차 아름답다고 생각했다.

나는 어느샌가 그녀와 결혼하는 상상을 하고 있었다. 그녀는 나보다 나이도 많고, 모아둔 돈도 없는, 계약직 디자이너였다. 심지어 불쌍한 사람을 지나치지 못해서 수십 군데의 봉사단체에 기부금을 내고 있었다. 미래에 대한 구체적인 대책도, 현실을 보는 냉철한 시선도 없었다. 그런데 이성이 작동하지 않았다. 그냥 그녀의 모습을 계속 보고 싶다는 생각밖에 들지 않았다. 매일 밤 불덩이처럼 달아오르는 그녀를 안고서, 그녀의 살냄새를 맡으며 잠들고 싶다고 생각했다. 그래서 결혼이라는 게 하고 싶어졌다.

자판기에 이온 음료가 다 떨어진 날이었다. 생수를 뽑아 그녀를 기다리고 있었다. 그녀가 흐르는 땀을 소매로 닦으며 생수를 받아 들고 말했다.

"그거 알아요? 당신은 이 물과 같아요. 아주 잠깐 목을 축일 수는 있지만, 그것뿐이죠. 전 차갑게 식지 못할 것이라면 차라리 뜨겁게 불타오르다 사라지는 게 좋아요."

나는 그 말의 의미를 찾기 위해 고민해 보았지만, 어떤 의미인지 그때는 알 수 없었다.

서로의 시간을 공유하는 날이 그렇지 않은 날보다 많아지고, 혼자 있는 것보다 함께 있는 게 더 편하다고 여겨지던 어느 날이었다. 이렇게 지내다가 결혼해도 괜찮겠다고 생각하고 있을 때였다. 그녀가 갑자기 내게 이별을 통보했다. 그녀는 여전히 그 사람을 잊지 못한다고 했다. 나로 인해 새로운 사랑을 할 수 있을 거라고 기대했지만 그렇지 못했다고, 나와의 사랑은 습기가 가득 배어 절대 타오를 수 없는 젖은 장작 같다는 말을 남긴 채 홀연히 사라졌다. 그녀를 찾아갈 수 있는 어떤 힌트도 남겨놓지 않은 채.

그녀는 동물이든 사람이든 불쌍한 것을 그냥 지나치지 못한다. 그녀가 유일한 사랑이라고 생각하는 그 또한 그녀의 연민을 자극하지 않았을까? 그렇다면 이렇게 병원에 누워있는 나를 보면 그녀의 마음도 달라지지 않을까? 남의 도움 없이는 움직이지도 못하는 신세를 안타깝게 여긴 그녀가 나를 돌봐주지 않을까 생각한다. 나는 진통제에 취해 까무룩 잠이 들며 상상한다. 병실에 있던 그에게 다가왔던 것처럼 내가 눈을 떴을 때 그녀가 나타나기를, 그녀가 사라진 그때처럼 홀연히……

슬프게도 내 상상은 실현되지 않았다. 내 곁에는 그녀 대신 소방관 동료가 있다. 나는 지독한 허리의 통증을 느끼며 눈을 떴다. 화재 현장 폭발음과 동시에 철문이 나를 향해 날아왔다. 나는 철문에 맞아 정신을 잃었고, 척추에 철심을 박는 대수술을 했다. 수술은 잘 끝났지만, 제법 오랜 시간 재활 치료를 해야 한다. 구조자는 다행히 불에 그을린 것 말고는 멀쩡하다고 동료가 알려줬다. 나조차도 믿어지지 않지만, 나는 내가 무사하다는 것보다 누군가의 생명을 구했다는 사실을 더 기뻐하고 있었다. 그리고 또다시 그 현장을 마주하더라도 불길 속으로 달려갔을 거로 생각했다.

요즈음 나는 어떤 상상에 사로잡힐 때가 많다. 그것은 화재 현장에서 그녀를 발견하는 것이다. 아마 그녀는 지금도 여전히 사랑 때문에 힘들어하고 있을 것이다. 그것이 지난 사랑이든, 새로운 다른 사랑이든, 그 대상이 내가 아님은 분명하다.

어쩌면 그녀는 소설 제목이 예언이라도 된 것처럼 영원히 사랑 때문에 고통스러울지도 모른다. 그녀의 마음이 쉽게 변하지 않을 것을 잘 알고 있기 때문이다.

그래서 과거의 그 남자가 불쑥 연락한다거나, 또 다른 삼류소설을 선물이랍시고 보낸다면, 그것이 또 그녀에게 촉매

제가 되어 불길을 일으킬지도 모른다. 그리고 불길 속에서 사랑에 고통스러워하며 결국 자신마저 다 태워버리고 사라진다면, 그녀가 이 세상에 존재하지 않게 되는 순간이 온다면, 나는 견딜 수 있을까? 화재 현장이든, 거리의 대로변이든, 그녀를 만날 수 있을 것이라는 기대조차 할 수 없게 된다면 나는 어떻게 될까?

그녀가 사라진 후, 처음에는 황당하고 어이가 없었다. 그리고 또 시간이 지나자, 그녀가 보고 싶다는 생각이 들었고, 이제는 그녀가 미치도록 보고 싶어졌다. 불행하게도 나는 그녀만큼 민감하지 못했다. 그녀가 떠난 후 한참이 지나서야 내 마음을 알아차렸다. 슬프게도 내 사랑은 진화를 끝낸 산에 남아 있던 숨은 불씨 같았다. 그녀가 떠난 후에야 불꽃이 일고, 조금씩 타오르고 번져가다 이제는 끌 엄두도 못 낼 만큼 활활 타오르게 된…….

내가 퇴원할 때까지 그녀가 등장하는 나의 상상은 현실이 되지 못했고, 나는 현장으로 복귀했다.

출동 벨이 울린다. 나는 신속하게 소방복으로 갈아입고 차에 오른다. 차는 요란한 사이렌 소리를 내며 도로 외곽을 향해 달린다. 이번에는 산불이다. 나를 삼켜버릴 듯 일렁이는 불길을 두려워하면서도 나는 불길 속으로 달려간다. 그것은 운명이다. 자신의 사랑에 고통스러워하며 걷잡을 수 없이 타들어 가고 있을 그녀를 찾아야 하는 것처럼. 그래서 그녀가 선덕여왕을 사랑했던 지귀처럼 제 몸을 다 태워버리지도 못하고, 끝내 외로이 바닷속으로 뛰어들지 못하도록.

　그녀를 꼭 찾아야 한다.

－〈창작 21 연간집〉 발표(2022)

구키
영상

쿠키영상

이번엔 천장 레일 등이다. 주의력결핍과잉행동장애 환자처럼 한시도 가만히 있지 못하고 산만하게 깜빡거렸다. 엄마의 성화에 그동안 모아놓은 돈을 모두 털어 어렵게 개업한 병원이었다. 발품 팔아 건축박람회를 돌아다닌 공이 무색하게 A/S까지 모두 해주겠다며 싹싹하게 굴던 인테리어업자는 대금을 완납하자마자 연락이 두절되었다.

그래서인지 병원의 인테리어는 어딘지 모르게 허술했다. 바닥 타일 하나가 툭 튀어나와 있거나, 진료실 문은 열 때마다 삐걱 소리가 났다. 이제는 천장 레일 등까지 말썽을 부리는 것이다. 깜빡이는 레일 등 아래에 있으면 내 정신까지 혼미해지는 것 같아 전원을 꺼버렸다. 상가 김밥집에서 점심을 먹고 돌아온 간호사가 스카치테이프가 붙어 있는 구겨진 전단을 내게 내밀었다. 입주하지 않은 상가 유리 벽에 붙어 있던 것이라고 했다.

24시 출장 수리, 무엇이든 고쳐요.

'어쩜 이렇게도 당당하게 고친다는 말을 쓸 수 있지?'라고 혼잣말하고 있는 사이, 간호사가 내게 말했다.

"부를까요?"

"네. 부탁해요."

전화를 거는가 싶던 간호사는 난감해하는 표정으로 내게 말했다.

"바로는 못 온대요, 다른 일이 있다고. 병원 진료가 끝나고도 한 시간은 족히 기다려야 할 것 같아요. 그런데⋯⋯."

간호사가 머뭇거리는 사이 내가 대답했다.

"먼저 퇴근하세요. 전 일이 있어서 늦게 퇴근할 생각이었어요."

간호사가 꾸벅 인사하며 오후 진료 준비를 시작했다. 레일 등을 끈 탓인지, 낮은 조도 아래 대기실 의자에 앉아 있는 환자들의 얼굴이 유독 어둡다. 병원 대기실을 뒤로 하고 진료실로 들어왔다. 컴퓨터를 켜고, 커피를 한 모금 마시고 텀블러를 내려놓자마자 환자가 들어왔다.

"약을 먹어도 증상이 나아지지 않아요."

우울증을 앓는 내 또래 환자였다. 이미 여러 병원을 옮기며 우울증에 처방할 만한 대부분의 항우울제를 모두 복용한 경험이 있었다. 아마 내가 준 약으로도 여자는 만족 못 할 것이다.

"일단 이주 분량의 약을 드릴게요. 하지만 약물 치료뿐만 아니라 스스로 치료적 노력이 필요해요."

"의사 선생님들이 늘 하는 말이죠. 어차피 아픈 건 본인이 아니니까. 의사 선생님도, 남들도, 의지가 부족하다고, 노력이 부족하다고 쉽게 말해요. 살아도 사는 것 같지 않고, 그저 하루를 버티며 사는 기분을, 아무리 발버둥 쳐도 검은 바닷속으로 끊임없이 가라앉는 듯한 마음을 절대 공감할 수 없을 테니까요."

여자가 혼잣말을 내뱉으며 일어났다. 잡고 싶었지만 내버려두기로 했다. 그녀를 붙잡아봤자 내가 할 수 있는 말이라고는 나도 우울증을 겪고 있어서 잘 알고 있다는 말일 뿐이다. 하지만 그렇게 말한다면 의사 자신조차 고치지 못하는 불치병임을 자백하는 꼴이 된다. 그리고 그것은 그녀에게 병원을 아무리 옮겨 다녀도 고칠 수 없다는 또 다른 절망만 안겨줄 것이다.

환자가 나가고 의자 등받이에 깊숙이 기댄 채 잠시 눈을 감았다. 나는 죽고 싶다는 생각을 가끔, 아니 자주 한다. 그냥 눈을 뜨고, 먹고, 싸고, 다시 잠을 자는, 그런 일상이 무의미하다고 느껴지기 때문이다. 동생이 세상에서 사라진 후부터…….

　그가 전화를 받은 것은 핸드폰을 무음으로 바꾸기 직전이었다. 영화가 시작되었고, 영화 끝난 시간에 맞춰 수리하기로 약속한 집도 한 군데 있었다. 적어도 네 시간은 지나야 방문할 수 있을 것 같다고 했다. 전화기 너머 목소리가 난감한 듯 말끝을 길게 끌며 대답을 주저했지만, 결국 여덟 시에 방문하는 것으로 약속을 잡았다. 핸드폰을 무음으로 바꾸고 주머니에 넣었다. 피부과 시술, 인터넷 쇼핑몰 광고가 연달아 지나가고 익숙한 영화사 오프닝 사운드가 시작되었다.

　그는 아무것도 하고 싶지 않았다. 열정적으로 따라다니던 영화 촬영 현장에도 발길을 끊었다. 열심히 살아가야 할 이유를 찾을 수 없었다. '억울하다'라거나 '화가 난다'라는 단어로는 표현할 수 없는, 금방이라도 지표면을 뚫고 나올 기세로 끓고 있는 용암이 가슴 속에 자리하고 있는 것 같았다. 하루하루를 살아내는 것조차도 할 수 없었고, 결국 사는 것도 싫은 경지에 이르렀다. 그래서 진지하게 죽는 방법을 고민했다.

　죽음을 알리는 뉴스가 나오는 상상을 했다. '신변을 비관한 30대의 자살' 아니면 '평소 우울증을 앓아오던 30대의 극단적 선택'이라고 나올까? 성의가 있는 기자라면 그가 유가

족이라는 것까지 알아내어 기사로 쓸 수도 있을까? 수많은 자살 사건이 매일 쏟아지는데, 자살 사유까지 찾아내는 기자는 없을 것이다. 어떤 노동자처럼 청와대 앞에서 분신자살이라도 하면 모를까. 그런 수많은 상상 속 시도는 모두 물거품이 되고 말았다. 그마저 세상에서 사라진다면 노모는 혼자가 될 테니까.

그래서 결론을 내렸다. 자발적으로 살아가는 것은 죽어도 싫으니, 억지로라도 살아갈 수 있는 핑곗거리가 있으면 싶었다. 만약 불규칙적으로 누군가가 자신을 찾는다면, 그래서 언제 울릴지도 모르는 전화를 기다려야 한다면, 그 의무감으로라도 살 수 있을 것 같았다. 퀵서비스나 택배 같은 것을 생각하다 결국엔 출장 수리 기사가 되었다.

그는 원래 손재주가 좋았다. 독립영화를 찍겠다고 돌아다닐 때도 웬만한 소품이나 세트 따위는 직접 만들었다. 전기산업기사 자격증도 필기시험에 한 번 떨어진 것 말고는 쉽게 합격했다.

출장 수리 기사는 생각보다 괜찮은 직업이었다. 번듯한 가게도 필요 없었다. 전단에 큼지막하게 핸드폰 번호를 인쇄해서 눈에 띄는 곳에 붙여놓으면 간간이 걸려 오는 전화를 받고 출동만 하면 되었다. 무엇인가를 고치고 싶어 하는 사람은 넘쳐났고, 고칠 수 있는 사람은 적었으니까.

그리고 그는 틈틈이 영화를 보러 다녔다. 그가 가는 상영 관은 늘 한적했다. 호불호가 갈리는 그의 영화 취향 때문일 것이다. 언제부터였을까? 처음 영화감독의 꿈을 꿀 때만 해도 다큐멘터리 형식의 실험영화를 추구했다. 문제의식을 바탕으로 사회적 현상에 초점을 둔 그런 영화 말이다. 하지만 동생의 죽음 이후 그는 영화에 완전히 손을 놓았다. 대신 다른 부류의 영화를 보기 시작했다. 그가 출장 수리를 시작한 것과 마찬가지 이유로.

　영화가 끝나자마자 그는 바삐 움직여 약속된 집에 도착했다. 싱크대 호수에서 물이 새고 있었다. 그는 교체용 수전을 바닥에 내려놓았다. 가장 먼저 U자로 연결된 호스를 풀었다. 그래야 싱크대에 고정하는 검은색 브래킷 세 가지를 모두 통과할 수 있기 때문이다. 새 수전에 하얀색 오링을 넣고 싱크대에 꽂은 후, 싱크대 밑에서 호스 세 가닥을 통과시켰다. 그리고 둥근 브래킷과 수전을 잡고 돌리며 수전을 고정했다. 풀어놓은 U자 호스를 연결하는 것으로 끝이 났다. 나이가 지긋한 집주인 할머니가 꽃무늬가 그려진 유리잔에 오렌지주스를 넘칠 정도로 담아 그에게 내밀었다. 마침, 목이 말랐던 까닭에 금세 잔을 비웠다.

　"시원하게 잘 마셨습니다."

　"고마워요, 참말로. 설거지하는데 물이 다 튀어부러서 월

매나 애를 먹었는가 몰러. 아파트 현관에 총각이 붙여놓은 전단 덕분에 전화했당께."

"아닙니다. 시원한 주스에 대한 보답으로 이거라도 드세요."

그가 주머니에서 부스럭거리며 무엇인가를 한 움큼 꺼냈다. 사탕이었다.

"아이고, 맛나겠네. 고마워, 총각."

"별말씀을요. 안녕히 계십시오."

그는 원래 단것을 좋아하지 않았다. 심지어 그때의 그는 식욕을 비롯한 어떤 욕구도 생기지 않았다. 친구에게 이끌려 억지로 들어간 국밥집에서조차 몇 순가락 뜨지 못하고 가게를 나설 때였다. 카운터 앞 플라스틱 통에 담긴 사탕이 눈에 들어왔다. 너무 알록달록해서 저도 모르게 몇 개를 집어 주머니에 넣었다.

그렇게 가져온 사탕을 까서 무심코 입에 넣는 순간 혓바늘이 돋을 정도의 단맛이 입안에 돌았다. 저도 모르게 인상이 찌푸려졌다. 그런데 그 순간 주위가 환기되는 느낌이 들었다. 비록 사탕 하나가 요기를 채울 순 없지만, 잠시나마 헛헛한 마음을 돌릴 수단은 될 것 같았다. 그는 사탕을 하나 까서 입에 문 채 다음 출장 요청이 들어온 병원으로 향했다.

출장 수리 기사가 병원에 방문했을 때였다. 병원에는 나 혼자 남아 있었다. 병원으로 들어서는 그는 무슨 좋은 일이 있는지 어두컴컴한 병원에 어울리지 않는 밝은 표정이었다. 그가 천장을 올려다보며 말했다.

"레일 등을 교체해 드리면 되죠?"

"네."

접이식 사다리를 펼치더니 레일 등을 천장에서 분리했다. 굳이 수리하는 것을 볼 필요는 없을 것 같아 나는 진료실에 앉아 있었다. 한참 후에야 땀 냄새를 풍기며 그가 사다리를 접고 있었다.

"전선 연결 상태가 불량이었던 것 같아요. 한번 보세요. 이 제 깜빡거리지 않죠?"

"네. 고맙습니다."

수리비를 받고 병원을 나서던 그가 다시 뒤를 돌아 내게 다가왔다.

"등은 고쳤는데, 표정은 여전히 어두우셔서."

그가 사탕 몇 개를 내게 내밀었다. 색소를 넣은 분홍색 사 탕에 하얀 설탕 가루를 콕콕 박은 큼지막한 알사탕이었다.

요즘도 이런 사탕을 파나? 생각하고 있는데, 그가 내 머릿 속 생각을 읽은 듯 말했다.

"어릴 적 먹던 사탕인데, 아직도 팔더라고요. 한번 먹어봐요. 기분이 좋아져요."

그가 자동문 버튼을 누르고 병원을 나갔다. 나는 얼떨결에 받은 사탕을 물끄러미 쳐다보다가 하나를 까서 입에 넣었다. 나는 단것을 좋아하지 않았다. 역시 너무 달아서 인상이 찌푸려지는 맛이었다.

내가 그를 다시 만난 것은 관객이 없는 상영관이었다. 금요일 밤, 잠이 오지 않았다. 우울한 감정과 불안한 생각들이 섞여 마구 출렁였다. 아마도 오래간만에 엄마와 통화한 까닭이었을 것이다. 엄마는 술에 취한 듯했다.

— 나쁜 계집애가 어릴 때도 그렇게 말을 안 듣더니, 제 어미 힘들게 하려고 먼저 죽어버리냐? 나쁜 계집애, 정말 나쁜 계집애라고. 능력 없는 네 아빠랑 결혼해서 고생만 실컷 하다가 이혼하고, 가난에 쪼들리면서도 어떤 마음으로 너희들을 키웠는데, 나 몰라라 하고 죽어버리다니.

— 엄마가 이러는 걸 알면 그 애가 얼마나 마음이 괴롭겠어요? 그리고 약 먹으면서 술 마시면 안 된다는 거 모르세요?

— 그래, 너 잘났다. 힘들게 의사 시켜놨더니, 이런 잔소리나 하고 있어? 나 호강시켜 주겠다고 할 때는 언제고, 이제는 코빼기도 안 비치면서.

— 바빠서 그랬어요, 바빠서. 끊을게요. 저 피곤해요.

– 힘들어서 넋두리 좀 하겠다는데, 그걸 못 받아주는 괘씸한 계집애. 옛날에는 전화도 꼬박꼬박 잘 받더니. 이제 자식도 필요 없어. 다 필요 없다고!

– 내일 맨정신일 때 통화해요.

나는 먼저 전화를 끊었다. 듣고 싶지 않았다. 동생의 죽음이 엄마 때문인 것만 같아서 나도 모르게 원망의 말이 나올 것 같았다. 잊으려고 꼭꼭 싸매놓고 꺼내 보지도 않은 동생의 기억을, 엄마는 틈만 나면 아무렇지도 않게 소환했다. 어떻게 그렇게 쉽게 동생 얘기를 할 수 있는지…….

눈을 뜬 채 침대에 누워있으니, 동생이 여행을 떠나던 날이 자꾸만 떠올랐다. 동생은 씩씩하고 밝은 표정으로 백팩 하나 달랑 메고 웃는 모습으로 현관을 나섰다. 오래 있다가 올 거라면서 짐이 왜 그렇게 적냐고 내가 묻자, 충분하다며 웃었다. 충분하다는 말이, 충분히 살았다는 말이었을까? 충분히 힘들었다는 말이었을까? 동생이 마음의 병을 앓고 있었단 사실을 눈치채지 못했다는 자책 때문에 견딜 수 없었다. 결국 나는 침대에서 일어났다. 무작정 가까운 영화관으로 향했다.

영화관은 심야 시간이라 그런지 상영하는 영화가 두 편밖에 없었는데, 코미디 영화는 보고 싶지 않았다. 심사가 배배 꼬인 탓인지 나를 향해 비웃는 것만 같은 느낌이 들어서였다. 그래서 영화 포스터가 온통 붉은색으로 도배된 영화를 골라 표를 끊었다. 좀비 영화였다. 19금의 잔인한 영화라 그런지 사람이 많지 않았다.

영화가 시작될 무렵이었다. 한 칸 건너 옆자리에서 부스럭거리는 소리가 들렸다. 고개를 돌렸다. 저녁나절 보았던 그 출장 수리 기사였다. 내게 주었던 색소 덩어리 사탕 껍질을 까고 있었다. 시선을 의식했는지, 남자가 사탕을 볼에 물고 나를 쳐다봤다. 나를 알아본 듯 눈을 동그랗게 뜨고 미소를 지으며 고개를 까딱하며 인사했다. 나는 민망한 나머지 모른 척하며 고개를 돌렸다.

영화가 끝났다. 나는 영화 대부분을 눈을 감은 채 본 것이나 다름이 없었다. 인간들이 좀비 떼에게 여기저기 물어뜯겼다. 유혈이 낭자했다. 속이 울렁거릴 지경이었다. 상영관을 나서는데, 그가 내게 말을 걸었다.

"영화를 제대로 보지도 못하시더라고요. 어찌나 힘들어 보였는지."

"아, 네. 이런 영화는 처음이라. 왜 보는지 모르겠어요."

"그래도 보러 오셨잖아요."

"그건, 코미디 영화를 고르고 싶지 않아서였어요. 그러는 그쪽은 왜 이런 영화를 보세요?"

"좋아해요. 좀비 영화."

"이렇게 잔인한걸요?"

"이상하게 여길 수도 있지만, 전 이런 영화를 보면서 삶의 이유를 찾거든요."

"좀비에게 도망 다니며 살기 위해 발버둥 치는 걸 보면서요?"

"음, 비슷하지만, 말하자면 조금 길어서요."

"그 얘기 조금 더 해주실 수 있어요?"

충동적이고 위험한 행동이었다. 어떤 사람인 줄도 모르면서, 그것도 한밤중에 낯선 이를 붙잡는 것은.

"뭐, 원하신다면."

우리는 영화관 인근의 24시간 운영되는 무인카페로 갔다.

"좀비 영화의 공통점이 무엇인 줄 아세요?"

"그야, 좀비가 나오는 거겠죠."

"에이, 그런 거 말고요."

"음, 사람이 많이 죽는 거요?"

"맞아요. 어떤 이는 죽고, 어떤 이는 끝까지 살아남는 거. 좀비 영화는 대개 구조가 똑같아요. 좀비는 그저 들러리일 뿐이에요. 좀비 영화의 주인공은 물론이고 악역 또한 인간이에요. 그리고 주인공은 마지막 순간까지 필사적으로 살아남기 위해 노력해요. 혹시 좀비 세상에 마지막 남은 인간을 그린 영화를 보셨나요? 살아있다는 것 자체가 외롭고 고통스러운데 그는 끝까지 살아남으려고 노력해요. 그에게는 숙명이 있거든요."

"숙명이요?"

"네. 잊지 않는 것이요. 기억도 지능도 없이 오로지 생존 본능만 남은 좀비가 되는 게 아득바득 살아남는 것보다 훨씬 더 쉬운 일일 텐데 말이죠. 모든 좀비 영화의 주인공이 그렇 듯, 그들에게는 죽은 자를 기억해야만 하는 숙명이 있어요. 누군가의 가족이었고, 친구였고, 때로는 영웅이었던 사람을 요. 그리고 꼭 포함되는 에피소드 중 하나는 남을 살리기 위 해 제 목숨을 걸다 최후를 맞이하는 사람이 등장한다는 거 죠. 그들이 살린 사람은 살아있을 만한 가치가 있는 사람이 기 때문이 아니에요. 삶이란 그 자체가 가치 있는 것이니까 본능적으로 행동하는 것뿐이에요. 그래서 누군가의 희생으 로 살아남은 사람은 죽은 이들을 기억해야만 해요. 자신이 기억하지 않으면, 영원히 잊히는 것이니까. 기억하기 위해 마지막까지 인간으로 남아 있어야 하는 거죠. 처참한 환경 속에서 아득바득 살아남으며 함께 존재했던 그들을 기억하 는 거죠."

"기억하기 위해……."

나는 말끝을 흐리며 생각에 잠겼다. 그동안 일부러 기억하 지 않으려 더께를 씌우고 또 씌웠던 기억이 자꾸만 떠올랐다. 그 사이 그는 내가 어떤 기억을 떠올리고 있음을 아는 듯 말없이 기다려 주었다. 커피 표면에 얇은 층의 증기가 피어오르고 있는 것만이 시간이 멈추지 않았다는 것을 알려주었다. 아마 꽤 오랜 시간이 지났을지도 모른다. 따뜻했던 커피의 온기가 사라질 정도였으니. 그리고 마법처럼 한 번도 꺼내지 않았던 이야기가 내 입에서 술술 나오기 시작했다.

"저에게는 동생이 있었어요. 어찌나 밝고 활달한지, 함께 있는 것만으로도 주위를 환기하는 그런 애였어요. 하지만 엄마는 동생을 마땅찮게 여겼어요. 아니, 부끄러워했어요. 어디 가서 이런 딸이 있다고 말하는 게 부끄럽다고 버릇처럼 말하곤 했거든요. 그래도 상처받지 않는 듯 보였어요. 내가 행복하면 그만 아니냐고, 헤실거리며 웃었거든요. 그래서 몰랐어요. 무저갱 속에서 허우적거리면서도 어둠에 잠식되지 않으려 일부러 과장되게 행동했다는 사실을요.

그 애는 나와 다르게 엄마의 뜻대로 살지 않았어요. 철저히 스스로 결정하고 선택했으니까. 대학을 가지 않은 것도 그런 이유였어요. 자신이 하고 싶은 일은 그런 타이틀이 필요하지 않다고 여겼어요. 요리를 했거든요. 동생은 제 자취방에 찾아와 몰래 맛있는 음식을 해놓고 가곤 했어요. 특히 오징어찌개를 기가 막히게 끓였어요. 양식 요리를 하면서 한식을 어쩜 그리도 잘 만드는지……. 그리고 식탁 위에 늘 쪽지를 남겼어요. '나는 언니가 행복했으면 좋겠어'라든가, '힘들면 참지 말고 말해'라든가. 꼭 그 애가 언니 같죠? 그러면 저는 괜히 전화를 걸어 투정을 부리거나, 엄마에 대한 원망을 쏟아내기도 했어요. 그러면 '그래, 그래', '맞아'라며 맞장구를 쳐주었죠.

그런데 어느 날 갑자기 여행을 간다며 집을 나간 동생은 지방의 어느 모텔에서 숨진 채 발견되었어요. 레스토랑에 이미 사표를 낸 것은 물론, 신변 정리까지 모두 해놓은 상태였죠."

목이 조금 말라 식은 커피를 한 모금 마신 후에 나는 다시 말을 이어갔다. 목구멍으로 넘기지 못한 비릿한 음식물을 입안 가득 물고 있다가 뱉어내듯, 내 입에서는 끝도 없는 말들이 쏟아졌다.

"마지막으로 보았던 동생의 모습이 기억나요. 장례식 입관 때였어요. 차가운 철제 상판에 반듯하게 누워 있는 동생은 생경했어요. 내 동생이 아닌 것 같은 느낌이 들기도 했고, 어깨를 흔들어 깨우면 기지개를 켜며 벌떡 일어날 것 같았죠. 못난 구석이 하나도 없는 예쁜 내 동생은 장례식에서조차 실컷 애도 받지 못했어요. 무책임하고 이기적인, 제 감정에 못 이겨 옳지 않은 선택을 했다는 원망의 소리가 훨씬 더 컸거든요. 그 이후로 저는 애초에 동생이라는 사람이 내 인생에

존재하지 않는 것처럼 행동했어요. 철저히 잊으려고 노력했
어요."

"힘들었겠네요. 살아가는 것도, 잊으려 노력하는 것도."

"그런데 잊지 않기 위해 살아야 한다니요. 이런 아이러니
가 있을 수 있는 것인지. 저는 죽고 싶다는 생각을 많이 해
요. 어떤 날에는, 진짜 어떤 날에는 말이죠. 환자가 정말 죽고
싶다고 하면, '확 죽어버리시든가'라고 말하고 싶어져요. 물
론 그렇게 말한 적은 한 번도 없지만, 저조차도 살아가는 이
유를 도무지 모르겠으니까."

그는 말하지 않았다. 다른 생각에 잠긴 것인지, 아니면 나
를 방해하지 않으려 하는 것인지, 나의 시선을 조금 비켜 간
쇼윈도 너머의 허공을 쳐다보고 있을 뿐이었다. 그런데 묘하
게도 그가 만들어내는 공백이 내 마음을 위로하는 것 같았
다. 그리고 한참 후 그가 입을 열었다.

"전 때로 좀비 영화의 주인공이라고 생각할 때가 있어요.
지금 이 카페 밖에는 좀비들이 창궐하는 거예요. 오직 물어
뜯으려는 본능만 남은 채, 굶주림에 벌겋게 충혈된 눈을 한
그들이 쫓아오는 거죠. 그럼 우리는 필사적으로 도망치겠죠.
죽기 살기로 도망치는 와중에 살아가는 이유를 찾는 사람이
누가 있겠어요? 그냥 살고자 하는 욕구, 그것 하나인 거죠.
그리고 우리가 필사적으로 살고자 하는 것, 그것이 이미 죽

은 자들에 대한 의리이자 예의가 아닐까요?"

커피숍을 나서며 그가 말했다.

"만약에 말이죠. 새로운 좀비 영화 개봉하면 함께 보지 않을래요? 물론 좀비 영화를 보고 싶다는 생각이 든다면요. 그쪽도 왠지 취향이 저처럼 바뀔 것 같거든요. 어때요?"

그의 말에 동의할 수 없었지만, 어쨌든 나는 가볍게 고개를 끄덕였다. 그리고 우리는 그렇게 헤어졌다. 서로의 전화번호를 주고받지도, 다시 만날 날을 정하지도 않은 채.

마음이 진흙 바닥처럼 유독 끈적끈적하게 바닥으로 가라앉는 날이었다. 문득 그가 추천한 좀비 영화가 떠올랐다. 처음에는 팔다리를 삐걱대며 인간을 쫓아다니는 좀비 떼밖에 눈에 들어오지 않았다. 이런 영화와는 도저히 친해지지 않을 것만 같다는 생각이 들었지만, 어쨌든 가라앉은 마음을 마구 헤집어놓는 역할만큼은 톡톡히 했다. 그래서 이후로도 몇 편 더 보았다. 서너 편이 넘어갈 즈음, 그 속의 사람들이 눈에 들어오기 시작했다. 살아내기 위해 몸부림치며 마지막 순간까지도 인간임을 포기하지 않으려 하는 모습들이 숭고하기까지 했으니 말이다. 그렇게 그가 추천한 영화들이 긴 밤의 친구가 되어 갈 즈음이었다. 놀랍게도 그를 다시 본 것은 영화관이 아니었다. 무심코 틀었던 텔레비전 뉴스에서였다.

그에게 그날은 특별한 날이었다. 여러 편의 영화를 찍었던 이름있는 감독으로부터 조감독을 해보지 않겠냐는 제의를 받았기 때문이다. 하고 있던 영화 현장 일도 끝나서 많지는 않지만, 보수도 받았다. 현관문을 열고 집 안에 들어서자 긴 거울 앞에서 옷매무새를 살피는 동생이 보였다. 그와 열 살이나 차이 나는 여동생은 대학 새내기였고, 그와 함께 서울에서 자취하고 있었다.

"네가 웬일이야? 예쁘게 차려입기까지 하고?"

여동생이 한껏 상기된 목소리로 말했다.

"친구가 오늘 재미있는 구경 많이 시켜 준대. 나 좀 기대되는 거 있지?"

"그래, 넌 좀 놀 필요가 있어. 학교 끝나면 맨날 쪼르르 집으로 달려오고, 방학에는 고향에 내려가서 엄마 농사 도와드리느라 쉬지도 못하잖아. 지금 아니면 언제 놀아? 오늘은 한번 신나게 놀아 봐. 우리 집순이가 놀러 간다니까 내가 다 신나네."

"그런가? 그런데 오빠, 나 이태원에 처음 가 봐. 지하철 갈아타야겠지? 길 잃어버리는 건 아니겠지? 오늘 같은 날엔 사람 엄청 많으려나? 아 참, 외국인도 많겠다."

그는 들뜬 얼굴로 재잘재잘 떠드는 동생이 너무 예뻤다. 지갑에 있던 카드 한 장을 꺼내 동생에게 내밀었다.

"이거 가져가. 먹고 싶은 것도 맘껏 먹고, 사고 싶은 거 있으면 사도 돼."

"진짜? 와, 역대급 신나. 나 진짜 진짜 재미있게 놀다가 올게."

"그래, 너무 늦게 들어오진 말고."

긴 머리를 찰랑거리며 동생이 현관을 나섰다. 에코백에 달아놓은 곰돌이 모양의 키링이 가볍게 들썩거렸다. 그것이 그가 본 동생의 마지막 모습이었다.

그가 잠에서 깼다. 판결을 앞둔 까닭에 그런 꿈을 꾼 모양이었다. 그는 검은색 정장을 갖춰 입고 집을 나갔다.

텔레비전 속에는 경비대에게 양팔을 붙잡힌 채 울부짖으며 끌려가는 한 남자가 보였다. 그의 넥타이는 반쯤 풀려 늘어져 있고, 하얀 셔츠 자락은 허리춤 밖으로 튀어나와 있었다.

"일어나서는 안 될 사고로 가족을 잃었는데 누구 하나 책임지지 않겠다고? 이 나라 국민이 이 나라에서 죽었으면 나라가 나서서 잘못했다, 죄송하다고 해줘야 하는 거 아니야? 마땅히 책임이 있는 사람이 다 무죄라면, 그곳에 간 내 동생만 유죄인 거야? 내 동생만 유죄인 거냐고?"

그렇게 화면 밖으로 사라진 사람은 분명 그였다. 살아갈 이유를 모르겠다는 내게 말 없는 위로를 건네던 그였다.

다음날 출근하자마자 간호사를 불렀다.

"지난번에 전화했던 출장 수리 전화번호 가지고 있어요?"

"네. 그런데 병원에 또 고칠 게 있어요?"

"아뇨, 집에 수리할 게 있어서요."

"아, 네. 잠시만요."

전화번호를 건네받고도 망설여졌다. 위로하는 사람만 위안이 되는 그런 위로가 될까 봐. 그런 위로를 수도 없이 받아 봤으니, 그것이 얼마나 사람을 불편하게 하는 것인지도 잘 알고 있기 때문이다. 그리고 한 달이 지난 즈음에야 문자를 보냈다.

– 좀비 영화를 보고 싶지만, 언제 개봉할지 몰라서요. 그때까지 기다릴 수도 없을 것 같으니, 사람들 틈에 섞여 흔하디흔한 영웅물을 보는 건 어때요?

반나절쯤 지났을 때였다.

– 제 취향은 아니지만 한 번쯤 보는 것도 나쁘지 않을 것 같네요.

우리는 보통의 사람들이 약속할 법한 시간인 주말 저녁 6시 영화관 앞에서 만났다. 영화관은 입구부터 사람들로 북적거렸다. 자녀와 함께 온 부모, 데이트하는 연인, 부부, 친구, 다

양한 사람들은 한결같이 밝은 얼굴을 하고 있었다.

"사람들이 다 행복해 보여요. 그늘 한 번 경험한 적 없는 것처럼 말이죠."

"그들에게는 우리도 그렇게 보이지 않을까요? 평범한 데이트를 즐기는 연인처럼."

그는 그렇게 말해놓고선 쑥스러운지 괜히 단발 길이의 굽실거리는 머리카락 사이에 손가락을 넣어 빗어 넘겼다.

"한 달 전 텔레비전 저녁 뉴스에서 당신을 보았어요."

"아, 보셨군요."

"여기 있는 사람들은 아무도 모르겠죠? 당신이 그런 일을 겪은 사람이라는 것을."

"마찬가지 아닐까요? 이 많은 사람 중에 우리보다 더한 아픔을 겪은 사람이 있을지도 모르죠. 다만 그렇게 보이지 않을 뿐."

"그럴까요?"

"네. 저는 그래서 익명의 사람들 사이에 섞여 있는 게 마음이 편해요. 슬픔을 굳이 드러내지 않아도 되니까. 그 일을 겪은 후, 저를 아는 사람을 만나는 게 두려웠어요. 나라를 떠들썩하게 만든 참사의 유가족인데, 평생 우울해하며 슬픔 속에 살고 있어야 한다고 여기는 것 같았거든요. 사람들은 유쾌하게 웃다가도 나를 보면 표정을 바꾸곤 했죠. 제가 무심결에 웃고 떠들고 있으면 저를 이상한 눈으로 보기도 하고."

그 말을 하는 남자의 표정은 복잡미묘했다. 나는 애써 분위기를 바꾸려 말했다.

"우리, 익명의 사람들 사이에 섞여 팝콘을 사 보죠."

우리는 커다란 팝콘과 콜라를 들고 상영관 안으로 입장했다. 생각할 틈도 없이 빠르게 진행되는 장면 전환과 화려한 액션, 누구나 좋아할 법한 권선징악의 구조 덕에 시간이 가는 줄도 모르게 영화가 끝나 버렸다.

내가 자리에서 일어나는데, 그가 나의 소맷자락을 붙잡았다.

"네?"

"쿠키영상이 있거든요."

우리는 엔딩크레디트에 이어 나오는 쿠키영상까지 보고 나서야 일어났다. 영화관을 나오며 내가 말했다.

"주인공이 죽다니, 예상 밖이었어요. 게다가 쿠키영상에서 새로운 히어로의 등장이라니."

"전 갑자기 이런 생각이 들었어요."

"어떤 생각이요?"

"어쩌면 지금, 이 순간이 내게는 한 편의 짧은 쿠키영상일지도 모른다는 생각이요."

"쿠키영상이요?"

"한 편의 새드 무비가 끝났지만, 다음 편에서도 새드 무비일 필요는 없겠죠. 동생도 내가 새드 무비의 주인공이길 바라지는 않을 테니까. 이 순간이 내게 쿠키영상이라면 이제 내 인생의 후속작을 위해, 새로운 시리즈를 시작할 때가 된 것 같아요. 그래서 여행을 떠나 볼까 해요."

"갑자기 여행이요?"

여행이라는 말에 나도 모르게 표정이 바뀌었다. 그러자 내가 어떤 기억을 떠올리고 있는지 아는 것처럼 그가 말을 이었다.

"물론 제 배낭은 엄청 무거울 거예요. 전 생각보다 철두철미한 사람이라 바리바리 싸 들고 가야 직성이 풀리거든요."

아마도 굳어 있던 내 표정이 저도 모르게 풀린 모양이었다. 그가 말을 이었다.

"그리고 돌아올 거예요, 새롭게 시작하기 위해 떠나는 거니까. 가기 전에 병원에 한 번 들를게요. 인테리어가 영 엉망이더라고요, 콘센트도 덜렁거리고. 미리 고칠 만한 곳이 있으면 다 고쳐줄게요."

"무엇이든지요?"

"네."

그의 입을 통해 나오는 고친다는 말이 얼마나 반가운지, 묘하게 안정감까지 드는 듯했다. 출장 수리를 요청하는 전화가 오는 바람에 우리는 극장 앞에서 헤어졌다. 그는 밥도 제대로 먹지 못하고 헤어지는 게 아쉬운지 내 손에 사탕을 쥐여주고 사라졌다.

집에 돌아와서도 여행을 가 보겠다는 그의 말이 자꾸 맴돌았다. 어떤 시점에서 그런 생각에 이르렀는지 모르겠지만 나쁜 결정은 아니라는 생각이 들었다. 그러면 어디로 갈까? 하릴없이 핸드폰으로 여행지를 검색하다가 그가 준 사탕을 입에 넣었다. 볼이 도토리를 문 다람쥐처럼 볼록해졌다. 그때였다. 엄마에게 전화가 왔다.

– 이제 딸이라고는 너 하나뿐인데, 전화 한 통도 없는 나쁜 년.

– 엄마가 전화하면 되잖아요.

– 그래서 전화했다, 이것아. 내가 영 적적해서 안 되겠으니 집으로 들어와. 예전엔 집에 오면 네 동생이 차려놓은 밥상이 늘 있었는데, 이제는 매일 혼자 밥을 먹으려니까 너무 외롭고 입맛도 없어. 엄마 생각은 눈곱만치도 안 하고 무심하게 가버린 나쁜 계집애.

– 그 애는 그런 애였던 거예요. 함께 지내봤자 엄마에게 좋은 소리 듣지도 못할 거면서 독립도 하지 못한 채 매일 저녁 엄마의 저녁을 챙기는. 그러니까 나쁜 계집애라는 말도 좀 그만해요. 전 엄마를 원망하고 싶지 않아요. 하지만 제게 엄

마가 만든 불행에 함께할 동반자이길 강요하지 말아 주세요. 난 행복하게 살 의무가 있으니까. 그래서 말인데요. 여행할 거예요.

― 뭐? 여행?

순간적으로 내뱉은 말이었다. 그가 그랬듯. 하지만 내뱉는 순간 이미 머릿속에서는 여행 계획을 세우고 있었다.

― 그런 여행은 아니니까 겁먹지 마세요. 제 삶을 돌아볼 시간이 필요한 것뿐이니까요. 물론 바로 가지는 못하겠죠. 천천히 준비할 거예요. 제가 없는 사이 환자들을 잘 보살펴 줄 마음 건강한 후임도 찾아두어야 하니까요.

전화기 너머에서 엄마의 한탄과 훌쩍거림이 시작되었다. 그런 엄마에게 말했다.

― 엄마, 앞으로도 계속 신세 한탄이나 아버지에 대한 원망만으로 살 수는 없잖아요. 엄마의 인생을 살아요. 엄마의 얘기를 들어줄 수 있는 남자 친구를 만들어도 좋고요. 아니면 취미를 가지거나 강아지를 키워보는 건 어때요? 전 엄마가 행복했으면 좋겠어요. 전 제가 성공하면 엄마가 행복해지는 줄 알았어요. 하지만 이제 알겠어요. 저의 성공이 엄마에게 행복을 가져다주는 건 아니라는 걸.

엄마는 일부러 들으라는 듯 더 크게 흐느꼈지만, 더 이상 나를 동요시키지는 못했다.

그는 약속대로 병원에 방문했다. 열 때마다 삐걱거리던 진료실의 문 경첩도 다시 달아주었고, 덜렁거리는 벽 콘센트도 단단하게 고정해 주었다.

"역시 못 고치는 게 없는 분이네요."

"감사합니다. 사람도 이것처럼 뚝딱뚝딱 고칠 수 있으면 좋겠네요. 앗, 실수했어요. 감히 의사 선생님 앞에서."

"아녜요. 저도 뚝딱뚝딱 고칠 수 있다면 좋겠다고 생각했을 뿐이에요. 언제 출발해요?"

"내일이요."

"언제 돌아와요?"

"글쎄요? 정하지 않아서. 하지만 꼭 돌아올 거예요."

"저도 가고 싶네요."

"막지는 않겠지만, 배낭은 꼭 넉넉히 싸서 떠나셔야 해요. 걱정되니까. 그리고 떠나실 때 전화 주시면 먼저 출발한 사람으로서 조언도 해줄게요. 물론 원하신다면."

"그럼 부탁드려요. 좋은 여행지는 꼭 기억해 두시고요."

"물론입니다."

그렇게 그가 여행을 떠났다. 여행지에 잘 도착했는지 궁금했지만, 그렇다고 안부를 묻기에도 애매한 사이인 것 같아서 망설이고 있을 즈음이었다. 그로부터 문자가 왔다. 문자에는 링크 하나가 첨부되어 있었다.

– 스미싱 아니니까 클릭 부탁해요. 여행지를 추천하려니까 SNS만 한 게 없는 것 같아서……. 아 참, 비공개 계정이니 걱정하지 말아요.

링크를 클릭하자, SNS 페이지가 나왔다. 그의 SNS는 나를 위해 만든 듯 팔로워라고는 나 혼자밖에 없었다. 그리고 사흘에 한 번꼴로 사진이 올라왔다.

#티벳 야딩, 잃어버린 지평선이라는 옛 영화에 나오는 샹그릴라의 배경이에요. 좀비가 창궐하는 세상이 온다면 그때도 마지막까지 남아 있는 성지가 되지 않을까요? 하지만 추천해 드리고 싶진 않네요. 너무 힘들거든요.

#튀니지 마트마타, 스타워즈 촬영지예요. 세계에서 가장 큰 지하 마을이 있던 곳이래요. 좀비가 나타나면 지하 마을에 숨으면 되겠죠? 묵을 때는 꼭 땅굴 숙소를 추천합니다.

그는 자기 모습이 담긴 여행지 사진을 올리기도 했는데, 단발 길이의 머리가 많이 자라 질끈 묶은 채였다. 그는 영화, 특히 좀비 영화광답게 코멘트도 남달랐다. 나는 그의 추천지를 훑어보며 나만의 여행을 준비하기 시작했다. 그리고 그가 떠난 지 석 달이 지날 즈음, 나도 여행을 떠났다. 그가 머물렀던 흔적을 따라 그가 추천하는 장소를 도장 깨기를 하듯 찾아다녔다. 그가 갔던 장소에 같은 포즈로 사진을 찍어 올리기도 했다.

　#티벳 야딩, 정말 오기 힘드네요. 숨은 차고, 다리도 아프고. 하지만 성지라는 말에는 동감.
　#튀니지 마트마타, 실제로 와보니 숨기엔 적당하지 않은 것 같은데요? 대개의 영화에서 좀비는 어두운 곳을 좋아하니까, 좀비가 먼저 숨어 있지 않을까요? 단, 추천한 땅굴 숙소는 나쁘지 않은 듯.

　함께하지 않았지만, 함께 다니는 것 같았다. 그래서일까? 그의 추천지에 머물고 후기를 공유하느라 여행하는 동안 외롭지도, 심심하지도, 심지어 우울하지도 않았다. 물론 동생을 일부러 잊으려고 하지도 않았다. 그의 말처럼 기억해야 할 숙명이 내게는 있으니까. 또 어떤 날은 정말 까맣게 잊기도 했다. 내 인생의 후속작을 시작하느라 바빠서 잊었다는 걸 동생도 이해할 테니, 죄책감 같은 건 갖지 않기로 했다.
　그렇게 반년을 돌았을 즈음, 그가 한국으로 가는 표를 끊었다고 했다. 여행의 끝은 아니고, 한국을 여행해 보고 싶다는 것이었다. 그리고 한국에서는 함께 다녀보고 싶다는 코멘트를 남겼다.

그의 여정과 비슷하게, 나의 여행도 어느새 국내를 훑어가고 있었다. 하지만 그가 바란 대로 함께할 수는 없었다. 그가 갑자기 영화 촬영에 합류하게 되었다고 연락했기 때문이다. 그의 SNS에는 더 이상 사진이 올라오지 않았지만, 나의 여행은 계속되었다.

충청도를 돌던 어느 날이었다. 마침, 5일 장이 열리고 있었다. 낯익은 왕사탕이 보였다. 사탕 한 봉지를 사서 배낭에 욱여넣고 시장을 구경하고 있는데, 나물을 파는 가판대 옆 플라스틱 대야 안에 포동포동 살이 오른 강아지 세 마리가 한데 뒤엉킨 채 꼬물대고 있었다. 꼬물거리는 귀여운 생명체에 시선을 뺏긴 채 쪼그리고 앉아 강아지들을 구경했다. 그리고 그중 한 마리가 눈에 들어왔다. 저를 알아달라는 듯 오동통한 앞발을 내밀며 버둥거리는 두 마리와는 달리, 대야 한쪽에 웅크리고 앉아 혼잣말이라도 하는 듯 낑낑거리는 놈이었다. 그 모습에 투덜대는 엄마가 연상되었다면 엄마는 화를 낼까?

뚫어져라 쳐다보던 내게 나물을 팔고 있던 할머니가 말했다. 키우던 개가 강아지 다섯 마리를 낳았는데, 두 마리는 동네 이웃 나눠주고, 나머지는 키울 수 없어서 가지고 나왔다는 것이다. 할머니가 갑자기 한 마리의 목덜미를 쥐고 번쩍 들며 말했다.

"요놈 어떤교? 나물값만 주믄 이쁜 아가씨 그냥 줘 불지 뭐. 쌔근쌔근 웃는 기 이쁘기도 하고, 엄마 젖 물고서 딴 놈들한테 안 뺏기는 거 보믄 먹성도 좋고."

"저놈으로 주시면 안 될까요?"

내 손가락이 다른 강아지를 가리켰다.

"요놈? 잘 먹지도 않고, 맨날 꿍얼거리는 기 투덜이가 따로 없는디?"

"그래도, 저놈이 좋아요."

"아가씨 무르기 없구믄, 알았제?"

할머니는 굽은 허리를 펴고 일어나더니 어디서 라면 상자 하나를 주워 와서는 강아지를 담아 내게 내밀었다. 강아지가 동그란 눈으로 나를 빤히 쳐다보며 낑낑거렸다.

얼떨결에 얻은 강아지 때문에 내 여행은 끝이 났다. 강아지를 데리고 돌아다닐 수는 없기 때문이다. 그리고 곧장 엄마가 계신 본가로 향했다. 집에서 하릴없이 텔레비전이나 보는 것은 교양 없는 여자들이나 하는 짓이라고 노래를 부르던 엄마는, 문밖에서도 다 들릴 정도로 텔레비전을 크게 켜놓고 드라마를 보고 있었다. 나의 갑작스러운 방문에 놀랐는지 서둘러 텔레비전 전원을 끄며 일어났다.

"얼마나 신나서 돌아다니는지 연락도 잘 안 받더니, 갑자기 들이닥치는 건 또 무슨 매너 없는 행동이니?"

엄마는 투덜대는 와중에도 주방으로 향하고 있었다.

"밥은 먹었니?"

"아뇨, 밥 안 먹었어요. 배고파요."

"좋다고 싸돌아다닐 때는 언제고, 밥도 안 먹고 돌아다니는 거야?"

엄마의 입에서는 여전히 좋은 소리가 나오지 않았지만, 가스 불을 켜고 냉장고에서 반찬을 꺼내는 손은 분주했다. 순식간에 식탁에는 오징어찌개와 김치, 어묵볶음이 차려져 있었다.

"먹을 것도 별로 먹어. 마땅치 않으면 시켜 줄까?"

"아뇨, 이거면 충분해요."

내가 밥을 먹기 위해 식탁에 앉으려는 사이, 현관 쪽에서 엄마의 비명이 들렸다.

"아 참, 배고픈 나머지 말씀드리는 걸 잊었어요."

현관 앞에 강아지가 든 박스를 놓아둔 것이다. 강아지는 낑낑거리며 박스를 긁어대고 있었다.

"이게 뭐야?"

"강아지요. 엄마 선물."

"뭐? 내가 이걸 좋다고 받을 줄 알았니? 품종도 모르는 똥개 같은데."

"귀엽지 않아요? 쭝얼거리는 게 꼭 엄마 같아서."

뒷말은 일부러 크게 하지 않았다. 그랬다간 어떤 말이 돌아올지 뻔하니까.

"그래도 선물인데 받아줘요. 안 그러면 어디 한적한 곳에 버릴까요?"

"넌 어쩜 교양 없는 말을 그렇게 함부로 하니?"

"그럼 받아줄 거예요?"

"일단은 데리고 있을 테니까, 적당한 곳 있으면 데려가게 해. 대책도 없이 이런 걸 주워 와선 머리 아프게 하냔 말이야. 강아지를 키우려면 집도 있어야 하고, 사료도 사야 하고, 산책도 시켜줘야 한다고 하던데……."

나는 엄마의 말을 권주가 삼아 밥 한 그릇을 뚝딱 비웠다. 엄마는 원래 요리를 못했다. 그래서 우리 자매는 늘 살기 위해 먹는다고 말하곤 했다. 그런 엄마도 세월이 지나니 요리 실력이 제법 는 것 같았다. 특히 오징어찌개는 동생이 해준 것과 비슷한 맛이 났다.

그 순간 한 가지 기억이 또 떠올랐다. 동생이 어릴 적부터 버릇처럼 하는 말이 있었다. "엄마 때문에 저라도 요리를 배워야겠어요", "제가 요리를 해 드리는 게 차라리 낫겠네요"라는 말들이었다. 제 꿈조차 엄마를 위한 것이었을까? 훗날 꿈에서라도 동생을 만난다면 엄마의 요리 실력도 제법 늘었으니 걱정하지 말라고 꼭 말해주고 싶다.

엄마의 집을 나서며 가방에서 무언가를 꺼냈다.

"이건 밥값. 그리고 엄마 음식 솜씨 제법인데요?"

엄마는 어이없다는 듯 사탕 봉지를 만지작거렸다.

그는 지금 한창 바쁜 촬영 현장에 있다. 반년 전, 경남의 작은 항구 마을을 여행할 즈음이었다. 감독으로부터 인근에서 영화 촬영 중이니 들러달라는 전화가 왔다. 그가 있는 곳에서 멀지 않으니 가보는 것도 나쁘지 않을 것 같았다.

감독을 만나기 위해 영화 촬영 현장에 발을 들였을 때였다. 의자에 앉아 헤드셋으로 스태프와 소통하고 있는 감독, 이리저리 각도를 조절하며 조명을 맞추는 스태프, 닳디 닳은 대본을 넘기며 신을 준비하는 배우와 저마다의 일에 열중인 사람들. 역동적인 촬영장의 분위기는 여행을 다니며 보던 수많은 풍경보다 더 황홀했다. 심장이 마구 뛰었고, 고산병에라도 걸린 듯 숨이 차고 어지러웠다. 그리고 감독이 그에게 말했다. 조감독이 갑자기 일을 그만두게 되었다고, 그러니 함께 일해줄 수는 없겠냐고.

얼마 전까지만 해도 그런 연락을 받는 것조차 죄책감이 들었던 그가, 영화를 찍고 싶다는 생각이 들기 시작한 것이다. 그렇게 여행을 시작할 때처럼, 갑자기 여행을 마쳤다. 꼭 한 번은 함께 다니자고 얘기했지만, 그가 약속을 깬 셈이었다.

그가 다음 신에 맞게 카메라 렌즈를 교체하고 있을 때였다. 그녀에게 문자가 왔다.

– 저, 돌아왔어요.

– 컴백을 환영해요.

– 영화 촬영은 언제쯤 끝나요? 보름 뒤에 한국형 블록버스터 좀비 영화가 개봉한다는 기사를 봤거든요.

– 야외 촬영은 이제 마무리 중이에요. 그 영화는 보러 갈 수 있을 것 같아요.

– 함께 보실래요?

– 물론이죠. 제가 그쪽을 좀비 영화의 세계로 입문시켰으니, 함께하는 게 도리죠.

– 우리 좀비들 틈에서 아득바득 살아남는 인간들을 보러 가자고요.

다음 답신 문자를 쓰려고 하는 찰나, 감독의 날카로운 소리가 들렸다.

"뭐해? 다음 신 준비 안 끝났어?"

"네, 끝났습니다. 촬영 들어갈게요."

그는 곧 개봉할 좀비 영화가 몹시 기다려질 것 같았다.

Epilogue

약 3년간 9편 정도의 단편 소설을 썼다. 나는 본래 천성이 게을러서 어떤 일을 자발적으로, 그것도 지속적으로 하는 게 쉽지 않은 편이다.

그래서일까? 어떤 생각이 정리되지 못한 채 마음속에서 마구잡이로 굴러다니는 날이나, 텔레비전이나 뉴스를 보다가 울컥해서 무슨 말이라도 내뱉고 싶은 생각이 들 때 소설을 썼다. 그래도 게으른 내가 지금껏 붙잡고 있는 거라곤 소설이 유일하니, 소설의 매력은 대단한 것 같긴 하다. 나같이 게으르고, 쉽게 흥미를 잃는 그런 사람을 붙잡아두었으니.

9편을 가지고 막상 책을 낼 생각을 하니, 마음에 차는 게 없었다. 이것은 이래서 빼고, 저것은 저래서 빼고……. 이러다가 한 편도 남아 있지 않을 것 같아서 쓰레기통을 뒤지는 마음으로 다시 주워 담아 보니 6편이 되었다.

〈아무도 모른다〉에서는 코로나 시대의 중학생을 등장시켰다. 서로 가까이 지내야 하는 인간이 거리를 두었을 때 가장 많이 피해를 보는 사람이 누구일지 생각해 보니, 바로 우리 아이들이었다. 어른의 상처가 외상이라면, 아이들의 상처는 내상이다. 깊이 들여다보지 않으면 알아챌 수도 없는.

관계를 배우고, 어울려 살아가는 법을 익혀야 하는 아이들에게 거리두기는 속옷 차림으로 눈보라를 맞는 것과 마찬가지이다. 결핍이 있는 가정에서 자란 아이라면 더욱…….

그래서 성찬과 현우, 두 아이를 통해 말하고 싶었다. 코로나 시기의 아이들은 어른만큼, 아니 어른보다 더 힘들었다고. 어쩌면 아직도 그 내상을 치유하지 못하고 있을지 모르는 우리 아이들의 마음을 지금이라도 알아채야 한다고.

코로나가 끝나고 학교라는 공간이 정상적인 기능을 하게 되었을 때 가장 먼저 우리 사회를 시끌벅적하게 만든 문제가 교권의 추락이었다.

인간은 누구도 완벽할 수 없듯, 교사 또한 마찬가지다. 완벽하지 않은 교사는 아이러니하게도 아이들과 함께하며 성장한다. 제게 맡겨진 아이들을 마주하며, 그 아이들의 눈빛이 오롯이 저를 향한 것을 느낄 때, 비로소 스승으로 거듭난다. 〈잃어 가는 것들〉 속의 주인공처럼.

'가르치는 직업'이 아니라 '인생의 스승'이 될 수 있도록, 정말 중요한 것을 잃어버리지 않도록, 지금도 열심히 자라고 있는 교사들에게 따뜻한 시선을 보내주었으면 한다.

나의 소설들을 관통하는 또 하나의 메시지는 바로 '성장'이다. 〈잃어 가는 것들〉에서 어쩌면 이기적일 수 있는 주인공이 조금씩 변화하듯, 〈Nineteen's Kitsch〉에서는 성장하는 부모의 모습을 그리고 싶었다. 처음부터 부모로 태어나지 않았으니, 그들에게도 한때는 꿈 많고 반항기 가득한 아이였던 시절도 있었음을 기억하기를 바라며.

'성장'을 위해서는 '관계'가 필요하다. 우리는 홀로 자랄 수 없다. 부모의 보살핌에서 시작해 사회 속에서 성장한다. 그렇게 끊임없는 관계 속에 자라기에, 나 또한 누군가의 성장을 위한 동력이 되어 줄 수 있다. 어깨를 토닥이는 응원이 되어 주고, 아픈 마음을 어루만지는 손길도 될 수 있다.

그리고 그 관계를 등한시하면 작은 소행성이 지구를 멸망시키듯 한 인간의 삶도 무너질 수 있다는 것을 〈소행성의 기원〉을 통해 이야기하고 싶었다.

또한 〈불을 찾아서〉에서는 사랑의 성장을 표현했다. '사랑'이라는 감정은 제 것이지만, 그 사랑을 완성하는 것은 사랑하는 이에 대한 마음이 제 감정을 뛰어넘는 것이 아닐까? 소방관이라는 단순한 '직업의 명칭'이 끝내 안전을 잊고 불 속으로 뛰어드는 고귀한 '영웅의 별칭'이 된 것처럼 말이다.

〈쿠키영상〉에서는 매일 죽음을 생각하며 사는 사람에게 삶을 향한 의지를 선물할 수도 있다는 것을 보여주고 싶었다.

나의 소설에서 심오한 철학적 메시지는 아니더라도, 특별한 것 없는 작은 인간들이 만나 서로를 위로하고 어깨를 내어주며 삶의 가치를 깨달아 가는 모습을 볼 수 있었으면 하는 바람이다.

지금, 문밖을 나가면 수없이 많은 소설 속 주인공들이 살아 움직이고 있을 것이다. 우리는 모두 현재를 살아가는 주인공이다. 모든 주인공이 그러하듯 때로는 위기를 겪겠지만, 끝내 멋진 결말을 이루어낼 것이다. 평범한 소시민이자 수많은 주인공인 우리에게 이 소설을 건넨다.

잃어 가는 것들

발행일 | 2024년 12월 18일 초판 1쇄
지은이 | 김나영
펴낸이 | 장영훈
펴낸곳 | (주)이츠북스
편집 | 고은경, 박새영
마케팅 | 남선희, 김영경
디자인 | 디자인글앤그림

출판등록 | 2015년 4월 2일 제2021-000111호
주소 | 서울특별시 강서구 화곡로 416, 1715~1720호
대표전화 | 02-6951-4603
팩스 | 02-3143-2743
이메일 | 4un0-pub@naver.com

홈페이지 | www.4un0-pub.co.kr
SNS 주소 | 페이스북 www.facebook.com/saungonggam
　　　　　 인스타그램 www.instagram.com/saungonggam_pub
　　　　　 블로그 blog.naver.com/4un0-pub

ISBN | ISBN 979-11-988388-9-6 (03810)

이 책은 한국장애인문화예술원의 후원을 받아 2024년 장애인 문화예술 지원사업의 일환으로 제작되었습니다.

한국장애인 문화예술원
Korea Disability Arts & Culture Center

사유와공감은 (주)이츠북스의 출판 브랜드입니다.

사유와공감은 독자 여러분의 책에 관한 아이디어와 원고 투고를 기쁜 마음으로 기다리고 있습니다. 책 출간 아이디어가 있으신 분은 이메일 **4un0-pub@naver.com** 또는 사유와 공감 홈페이지 '작품 투고'란으로 간단한 개요와 취지, 연락처 등을 보내 주세요. 여러분을 언제나 응원합니다. ♡